山自在，水如来

熊召政生活随笔集

长篇历史小说《张居正》作者

熊召政 ◎ 著

中国 友谊出版公司

图书在版编目（CIP）数据

山自在，水如来：熊召政生活随笔集 / 熊召政著 . --
北京：中国友谊出版公司, 2018.8
ISBN 978-7-5057-4466-0

Ⅰ.①山… Ⅱ.①熊… Ⅲ.①游记 - 作品集 - 中国 -
当代 Ⅳ.①I267.4

中国版本图书馆CIP数据核字（2018）第174649号

书名	山自在，水如来：熊召政生活随笔集
著者	熊召政
出版	中国友谊出版公司
发行	中国友谊出版公司
经销	北京时代华语国际传媒股份有限公司　010-83670231
印刷	北京中科印刷有限公司
规格	880×1230毫米　32 开
	7 印张　150 千字
版次	2018 年 8 月第 1 版
印次	2018 年 8 月第 1 次印刷
书号	ISBN 978-7-5057-4466-0
定价	42.00 元
地址	北京市朝阳区西坝河南里 17-1 号楼
邮编	100028
电话	（010）64668676

目录

第一辑

坐在依旧的青山上，看看欲坠的夕阳，有人认为这是沉沦，有人则认为这是进入了人生最高的境界。

第二辑

若有人问我，宁静的外在形式是什么，我必回答一个"灰"字。红为热烈，绿为雄壮，白为雅洁，而灰所含蕴的则是至深至浓的宁静了。

第三辑

> 我越来越觉得，禅虽然产生于佛教，但禅可以脱离佛教而单独存在。禅是一种生命哲学。

第一辑

坐在依旧的青山上，看看欲坠的夕阳，有人认为这是沉沦，有人则认为这是进入了人生最高的境界。

生命的困惑

朋友刘心宇君从日本来信说："昨天去了趟名古屋的大喜梅林，此境地不由使我想起达夫先生之《沉沦》，在仰望蔚蓝色空谷的一瞬间，我告诫自己抱住正气，千万不要患上达夫先生当年的刺激性神经衰弱症。"

读罢信，我的眼前浮现出一幅大喜梅林的风景。尽管我从未去过那里，但由那些草、树、泥土、流水以及云烟构成的能够诱人沉入颓唐情绪中的特殊景态，不知怎的，竟让我联想到了唐诗中的"雨中黄叶树，灯下白头人"这孤寂的一联。

刘心宇作为访问学者去日本已经半年，之前，他来我家住过一个晚上，其意一在话别，一在想听听我对他东渡扶桑的意见。我说，世俗的生活美学评判一个人的成功与否，主要是看他和社会的融合程度——如果社会是一杯水，你就必须是一匙速溶的麦氏咖啡，其可溶度几近百分之百，反之，如果你是块永不被水溶化的石头，你就不会得到社会的承认，至少在你活着的时候。心宇很快明白我的意思，他说："是的，生活的勇气不在于参与社会，而在于把自己从社会中分离出来，保持自己独立的人格。"

我相信我的这位朋友是能够做到这一点的，他的职业造就了他的"天马行空，独往独来"的江湖客形象。但是，从他的这封来信中，我依然看到了他的困惑。

日本是一个经济至上的国家，支撑人格空间的不是"义"而是"利"。带着传统的人格去那里的人，会被压抑得喘不过气来。此情之下，人要么就是参与进去，变成经济动物；要么就是分离出来，成为现代社会中自我放逐的鲁滨孙。想做到后一点，是很难很难的。

水虽然没有能力溶化石头，但完全可以污染石头。最低的限度，它可以让石头与它同凉同热。正是这种社会的温差，使刘心宇无法守恒于他在中国大地上培养出的水火既济的气功态。

所以，面对大喜梅林，他差一点患上了与半个世纪前的郁达夫同样的"刺激性神经衰弱症"。应该说，产生这类毛病，其因还是在于社会。

几乎每一代的圣贤，都哀叹"人心不古"，促使"世风日下"的主要动力，乃是来自人类本身不断膨胀的欲望。宋代的朱熹看到这一点，所以提出"存天理，灭人欲"。这老先生却不知道，这样做又压抑了人性，使人失去了创造力。既不压抑人性又能制欲，把二者统一在一个可让大多数人能够接受的"度"上，这个人就必定是人类的救世主。问题是，这样的救世主不可能出现。

所以，人类中的智者，就分成了两大类：一类是速溶咖啡式的，力争百分之百地融入社会，使社会有滋有味；一类是石头式的，目的是在纷繁复杂的社会生活中，保持一个完整的自我。前类智者推动了历史的前进，但把社会搅得天昏地暗的也是他们；后者只求从精神上解脱自己，但却把一个人应当担负的社会责任推得一干二净。

中国古代的士大夫，或者说今天的知识分子，许多人都看到了这两者的利弊，也试图去伪存真，把两者的优点统一起来，提出"达则兼济天下，穷则独善其身""内圣外王""性命双修，儒道同怀"等口号，但从实践看，很少有成功的典例。我想个中原因，还是因为"鱼与熊掌不能兼得"。

由于两种处世哲学的源流不同，想做兼型人便只能是一个悲剧。而且，芸芸众生对速溶咖啡式的智者，可谓众星捧月、趋之若鹜。至于石头一类的智者，则只能是惺惺相惜，在很是窄小的范围中相濡以沫。

好在这类人不求闻达，有闲情，有逸志，有深山古寺的钟声可以咀嚼，有不用一钱买的林泉风月供他消受。这话不对，现代的林泉风月都被围进了风景区的院墙，想欣赏，请买门票吧。这样的门票，我手中怕攒有百十来张了。

所以，人类的发展，是以人之个性的萎缩来换取"类"的物欲的欢乐。但是，毕竟更多的人，是处在非常尴尬的生存状态中，他们一方面渴求成功，如此，则要百分之百地融入社会；一方面，他们又想尽力摆脱世俗的挤压，争取更大的个性空间。心宇君恐怕就属于这种，他的确成功了，成了娱乐圈中的名人。但一旦远离喧嚣的世尘，独自面对一方纯净幽美的风景，他立刻就会卸下人生的"累"，并感到生命的乐趣不在于拼搏，也不在于成功，而在于一份难得的悠然。晋朝弃官归隐的大诗人陶渊明，过着"采菊东篱下，悠然见南山"的那种生活，该是多么令人羡慕。

"是非成败转头空，青山依旧在，几度夕阳红。"这感伤的词句，其意在规劝我们不必那么浓墨重彩地渲染人生的风景。坐在依旧的青山上，看看欲坠的夕阳，有人认为这是沉沦，有人则认为这是进入了人生最高的境界。

1992 年 2 月 28 日下午于潇潇春雨中

沙滩椅上的遐想

前天，喻欣给我打了一个电话，说她供职的《知音》杂志社又要创办一份新刊物，名叫《优雅人》，并说我很早就向她宣传过要"活得优雅"，因此，她希望我就优雅的问题，给这个创刊号写点什么。我当时未加思索就爽快答应，以为谈一谈优雅并非难事，其实不然。

接电话后的第三天，我来到了距武汉5000公里之外的天宁岛。这是东濒太平洋，西临菲律宾海的北马里亚纳群岛中的一个。天宁岛以及与它仅隔五海里的塞班岛，都是人间的度假天堂，它们的种种美妙之处，值得另写一篇美文来赞颂。在这里，我仍要硬着头皮来回答关于优雅的问题。

在塞班岛与天宁岛度假期间，我的身心获得了巨大的放松。其时武汉正值三九严寒，比它还南一点的贵阳、昆明正在下暴雪，而天宁岛只需穿短裤、T恤，这是何等快乐的事啊！如果说还有一点什么小小的事情折磨我，那就是"优雅"了。但是，谢天谢地，我终于在天宁岛上找到了关于优雅的谈资。

那是下午三点钟，穿着泳裤的我，躺在海边的沙滩椅上，尽情地享受着海风和阳光。这片浅海，距我入住的天宁岛王朝酒店只有百米之遥，一切都这么闲适，一切又都这么美丽。我在海水中游了一会儿，又在沙滩椅上躺一会儿。偶尔一只海鸥飞过，像蓝天上掉下来的一颗晶莹的露珠；海浪时而翡翠，时而深蓝，时而雪白，不停地在玩着色彩游戏。我的同伴们都陶醉了。这陶醉，稍稍往前一点点就是疯狂。他们面对这上天的恩赐，并不感到满足。他们询问除了游泳与晒太阳之外，这里还有什么娱乐项目。导游说，还可以骑水上摩托艇，可以坐橡胶船，可以跳伞，可以潜水，每一项娱乐都收费很高。我的同伴们纷纷选择了他们喜爱的运动，离开浅滩，冲向浩瀚的深海。我羡慕他们，以不可遏止的生命激情，充分享受感官的刺激与片刻的欢娱。而我呢，则只能以"静"的方式，来品享自然的天籁。

一时间，沙滩上空了。海浪与椰风，更增添了沙滩上的寂静。但是，我旁边的两只躺椅上，一男一女两位美国人也没有走。他们显然是一对夫妇，看年龄，似乎比我还要小一点。他们在海里游够了，然后回到岸上晒太阳。每只沙滩椅上，都有一把巨大的遮阳伞，可是，他们把这伞拿开了。那位女士皮肤白皙，可是她一点都不害怕晒黑。而男的呢，已经晒得红虾一般，却依然躺着晒一会儿，又趴着晒一会儿，唯恐身上有什么地方被阳光漏掉。

我与这夫妻俩就这么安静地躺在三只沙滩椅上。我忽然感到我与他们两个分享同一个空间不合适，于是走开，沿着海岸线散步而去。沙细如粉，赤脚走在上面，于坚硬中体会柔软。曲折的沙滩弯成一个很大的弧，沙是洁白的。沙之左，是海水的亮得无法让人理解的蓝（这蓝，我在九寨沟看过，但和这里相比，九寨沟的蓝显得单薄了许多）。沙之右，是丛林浓得化不开的绿。在这白、蓝、绿三色之间，天地间唯我一双赤脚。立刻，我领悟到，这应该属于我追求的优雅生活的方式之一，把所有的是非成败挤出心灵，把所有的累挤出身体，一个人，在天涯一隅，静静地待上半天，让自己不仅仅是天籁的享受者，更应该成为天籁的一部分。

走了很远很远，我有了一点凉意，便折了回来。快走到我离开的地方，发现沙滩上仍只有那一对美国夫妇。这时候，那位女士正在给她的丈夫拍照，这位男士不知从哪儿捡了一只干椰子，有足球那么大，他恶作剧地把这只椰子放在与他腆起的"将军肚"平齐的位置，从正面看，仿佛有两只肚子在媲美。女士拍完照，感到她的丈夫很滑稽，于是大笑起来。我正好走到跟前，女士连忙止住笑声，向我点头，连说了几句"Sorry"。然后，夫妇俩像做错了什么事似的，沉默了一会儿，离开了沙滩。

我对这对美国夫妇的情况毫无所知，但仅仅这一个道歉，不但让我产生了对他们的信任，也让我产生了不安。也许，这对美国夫妇认为沙滩不是他们的私密空间，他们开怀的笑声侵犯了邻人的寂静，他们认为这是一次过错。而我呢……不说了。如果说美国夫妇快快地离开，是优雅的举动，而我不合时宜的到来，却破坏了别人的快乐，这难道不应该负疚吗？

说到优雅，恐怕有人会产生误解，认为它首先是上流社会生活的写照。其实不然，真正的优雅与灯红酒绿、纸醉金迷不可同日而语。优雅的生活与其说是一种品位，不如说是一种境界。优雅有的时候是思念，如"何当共剪西窗烛，却话巴山夜雨时"；有的时候是迷惘，如"今宵酒醒何处，杨柳岸，晓风残月"；有的时候是欢乐，如"白日放歌须纵酒,青春作伴好还乡";有的时候是寂寞,如"三杯两盏淡酒,怎敌他,晚来风急";有的时候是物我两忘,如"相看两不厌,只有敬亭山";有的时候是物我相吸,如"我见青山多妩媚,料青山,见我应如是"。优雅在生活中的体现,古人讲过十宜十不宜,如"月下听箫"是宜,"松下喝道"是不宜。照这么类推下去,写一本优雅生活指南,总结出一千个一万个不宜,一千个一万个宜来,都不是难事。

那么什么是难事呢?我认为难就难在培植优雅的情怀。像美国夫妇的道歉,就是优雅情怀的表现。时下的年轻人,特别是一些白领阶层,莫不以"小资"相标榜。甚至认为只要达到小资生活,就必定优雅,这也并不尽然。做一个优雅的人,并不在于你拥有多少名牌,或者说,在什么样的商场购物,在什么样的餐厅里用餐等等。商品世界的东西,与优雅有关联,但不能画等号。在精神上,悲天悯人是每一个优雅人所必备的素质,唯其如此,他或她才能够热爱生活,尊重别人。舍此两条,所有的优雅都是空谈。

美国夫妇走后,我独自躺在沙滩椅上,零零星星地,思考了以上问题。这时,一个同行的女孩子回来了,她捡了很多贝壳。她问我,世界各地的海滩上,都有这么美丽的贝壳吗?我回答:有!由此引申的两句话我没有说出来,但可以在这里写下:一个人不可能拥有所有的美丽,但是优雅可以让他的心灵获得巨大的宁静。

2005 年元月 12 日夜草于天宁岛王朝酒店

梨　魂

　　春天一到，我虽没有咏溪上落花的旧习，有时，却也颇想胯下有一匹驴儿，走几处幽谷，碰到牧童，就问问杏花村在哪里。只是这类雅事，如今之我辈哪里能做得？今年春上，看看又到了暖风十里丽人天，推窗一望，只见东湖的湖水湖烟，寸寸节节，都浮在梨花的一片白中。

　　东湖边上，缓坡环绕。东岸的坡地，广植梨树，怕有好几千株的，称为梨园。我的家，50平方米也算斋，就挨着梨园。

　　算来在梨园边上，也住了八年。由于离市区太远，人嫌其幽僻，我喜欢的，正是这一点儿难得的清静。东湖之淡泊，可寄襟抱；梨花之高洁，可托情怀。我之于梨花，与其说是清赏，倒不如说是君子之交。

　　我爱梨花者，有三：

　　一爱其白。牡丹芍药，有春之象；秾桃夭李，有春之色。独独梨花，非红非绿，不艳不闹。天上冷冷地响一声雷，转过脸，它就悄悄地白了。作为人，一生清白是最难的，作为花，白起来又谈何容易。非有洁癖，是难达纯白之境的。依我看，林黛玉葬花，葬梨花才是。

二爱其早。有时，东湖岸上，残雪犹存，山石还苍。惯争暖谷的早莺，还没有飞到柳枝儿上来，梨就花了。白蒙蒙的，像是被人锄碎的月色。零零杂杂的，挂在皮还霜着的树丫上。使得一贯按节令办事的东湖，冬也不是，春也不是。支吾一些日子，才肯放开留岸的游船，让它们按梨花指引的路，游览到三月去。

三爱其孤绝。说到孤绝，人们总想到只有皓月才去踱步的千仞峰上，生长着的一棵千年的虬皮老松。那种远避红尘的孤绝，是神的孤绝。我说的梨花的孤绝，则是含着人性的。花一放出白来，为了防止灰尘的污染，它就动员老天一个劲儿地下雨。这样，花姿虽不能绰约，花质却保住了纯洁。而且稍后，桃花一开，轰轰地红，人们以它为春，把万象更新的起点，定在了姓桃的身上。对此，梨花自有主张：你红你的，我白我的。热热闹闹是你的福气，自自然然则是我的追求。

鹭鸶之白，有漠漠水田衬托；鹤之白，浮在千顷月色之中；梅之白，愈见其澡雪精神；梨花之白，在乎其疏落飘逸的情性。我之爱梨花，便是因为在平常的日子中，我们的情性相投。

月有月色，梨有梨魂。梨园边上的居民，近年越来越多，但深知梨魂的，究竟又有几人呢？

附记：

写完上面的文字后，夜来偶翻旧札，发现了 16 年前抄录在本子上的《吊梨花诗》四首。诗末并附有记述："以上为叶云岐先生的悼情之作，梨花乃一钟情于他的女子，惜乎早殒。风流不觅，良辰难再。红颜绝去，生者恻恻。云岐于情人坟前，手植梨树数株，每当梨花开时，择夜寂无人，前往凭吊。每吊必有泫然之作。此录四首，即是今年的凄婉。"这段话帮我记起了一段往事。叶云岐是一乡村郎中，是我被贬向山乡学种田时结识的诗友。那时，尽管人妖颠倒，国运危艰，我们仍能于月黑风高之夜，避人耳目，择韵吟诗。几年中，写了好几百首旧体诗词，随写随丢，如今散失大半。大约是当时被叶云岐的痴情感动，故抄下了这四首《吊梨花诗》，没想到若干年后，它对我的生活，竟起了钩沉的作用。亦为我的《梨魂》之短文，添了一些故旧的情绪。现把四首诗抄录于下：

　　一年一度一心酸，又吊梨花香冢前。
　　落魄闲林明月夜，惊魂无处夕阳天。
　　可怜白蕊迎风谢，最苦红颜薄命缘。
　　春去春回犹可会，芳颜永谢不团圆。

　　吊唁芳心第一枝，无端文字种相思。
　　卿逢柳絮风前认，我遇梨花命已知。
　　只要知音怜国士，何妨亲爱惜郎痴。
　　拂弦每每伤弦断，枉说三生有幸时。

　　漫步梨园忆踏青，风光依旧感飘零。
　　爱卿有志怜卿日，护花无术促花龄。

一天梅雨歌凄侣，满地琼花咏断魂。

我有灵犀传不得，伤怀此日泪频频。

雨风可恨力难移，折我琼瑶丽雪枝。

月不长圆花不寿，情无永聚义无期。

青衫梨雨天同哭，红粉冰心悼共诗。

一曲断肠谁寄去，子规空自唤相思。

　　诗句的意境陈旧了些，但毕竟不是市廛俗语，跃然纸上，
是一片真挚的哀恸之情。故友之于梨花，因为添了一段爱情，
比起我来，爱得更痴了。

1990 年 3 月 12 日于也算斋

水墨江南

水墨江南，是我最为心仪的画轴。峰峦中的涧水、烟树里的人家、晨炊上的鸟啼、落日下的橹声，匍匐在蛰气上的春梦无痕、浮漾于绵雨中的秋叶满山，或宁静、或喧闹，或尺幅玲珑、或无远弗届。我心中的江南，永远是一幅常读常新的水墨。

现在，我又置身在水墨之中。趁着紫燕衔来的微雨，沐着杜鹃染红的熏风，坐在涡轮搅水的画舫上，我航行在千岛湖中。

因为在建德县修筑了拦江大坝，在古淳安的县境里，在旧时的新安江的中段，一座580平方千米的湖泊出现了。千余座与白云厮守的青山，变成了泽国中的岛屿；十余万与鸡犬相伴的烟灶，变成了水族中的另类。人定胜天只是人的一厢情愿，但智能风景，却是人与自然的一种默契。

比之承载过大汉湍流盛唐烟雨的新安江，千岛湖太过年轻。几十度春花秋月，它甚至还没到天命之年。然而，这并不妨碍它成为江南水墨中的神来之笔。抑或，它可比拟于桂林阳朔的鬼斧神工。

春雨时断时续，画舫渐行渐远。俯视水底，深黛而明澈；近岸浅波，虫鱼戏逗，荇草摇曳；远眺众岛，岩苍而螺翠；树林深处，茶烟袅袅，山市嚣然。山重水复，一湾一胜景；水复山重，一岛一生机。揽水湾中，可见鸥影横波、银鱼似雪；徜徉山间，可赏石窦飞瀑、小鸟依人。有茶出处必有茶寮，有胜景处必有长亭。山一伸必至浅滩，浅滩即船市；水一折必有码头，码头即花坞。大哉瑶池落人间，美哉千岛湖！

遥想当年，被两岸青山逼窄的新安江，亦是一条流淌着春梦的河流。从皖南的屯溪，到西湖边上的杭州，数百里航程，它汲纳了多少幽谷兰露、桃花流水。夕阳下的帆影，犹如杜牧在二十四桥边写下的绝句；月华中的花船，犹如百尺楼头吹响的洞箫。李白在江中朗吟，新安江绝异诸水；海瑞在岸畔叹息，新安江流着忧患。商旅经过，水泛胭脂；兵爷经过，涛凝疮痍。这一条劫难过、绮绣过、空灵过又哀愁过的河流啊，直到 20 世纪 50 年代，才从根本上改变了命运。

从杭州乘船到屯溪，已经绝无可能。但是在千岛湖里品藻江南，却是难得的风雅。桂楫兰桡，在万顷碧浪中得大自在；鱼歌鸟韵，在中天明月下做珍珠梦。今夕何夕，我问舟子，你的楼船将在哪一重花汛里停泊？舟子笑而不答。但是，我看到他抛出一根缆绳，立刻，我们的游船像一只敛翅的白鸥，留在了烟波深处，留在了愈久愈令人陶醉的江南水墨中。

海啸的颜色是什么

　　一望无际的深蓝的海面上，绽放着一朵朵雪白的浪花。突然开放又突然消失，然后再开放，再消失……它的闲适，像故乡篱边的残菊；它的逍遥，像雪山上的金达莱；它的迅疾，像高原上的羚羊；它的壮阔，它的壮阔像什么呢？铁骑突兀刀剑鸣，大概惨烈的滑铁卢战场，庶几近之。

　　但这一切，只是惊涛破空而来的前奏。

　　此刻，我站在一片犬牙交错的珊瑚石的岸礁上。面对大海，我深深地感到了自己的渺小，甚至，还有几分恐惧。

　　因为，我是在印度洋发生海啸后的半个月，来到这座天宁岛的。

　　在太平洋与菲律宾海相接处，有一个北马里亚纳群岛，它由15座小岛连缀而成。最大的塞班岛，面积约120平方公里，是马里亚纳联邦自治政府的首都，常住人口大约7万人。与它相距仅5海里的天宁岛，面积101平方公里，略小于塞班岛，但岛上的常住人口不到3000人。一大片一大片的椰林无人涉足，住在里面的，是响亮的阳光，是匆促的风雨，是扑喇喇的鸟翅，是擦着树梢一掠而过的涛声。

　　作为一名旅游爱好者，我饕餮过各种不同的山水盛宴。但是，当我面对这天宁岛的太平洋热带风情，仍然惊讶莫名。因为，我所熟悉的词汇，无法准确表达我对这片海域的感受。

此刻，我站在天宁岛的最北端，十几米外就是大海。我知道我的正前方，东面的50海里处，即是闻名世界的马里亚纳海沟，它深11034米。地球上，再也找不到比它更深的深渊。由于这道深渊，海水在这里尤其变幻不定。我目力所及的最远处，海水蓝得发黑，让人体会它的森严，真正是"远观而不可近拭焉"。稍近一点，水变成了深蓝；再近一点，才能找到那种一碧万顷的感觉。当鼓翼的风把海浪推到岸边，水的颜色便变成了翡翠。仿佛海底有强大的阳光向外透射，被照亮的深蓝，变成亮晶晶的翡翠了。这翡翠不仅柔软，而且会呼吸，乃至每一个观赏它的人，都产生了跳进去任其融化的愿望。可是，当风力增大，一波一波的翠浪被挤压到岸边，与礁盘发生猛烈的碰撞时，温柔的浪，刹那间愤怒地竖立起来，卷卷扬扬，变成了高达数十米高的玲珑剔透的冰花。既有销魂之美，又具有横扫千军的气势。就在这一刻，我明白了风涛的颜色是洁白。它后退一步是翡翠，前进一步，它前进一步是晶莹！

风涛扑来时，我感到有一股不可抗拒的力量在裹挟着我。它既像在推，又像在吸附，人很快就失去了重心。我刚来得及转身，涛声便重重地砸在我的背上，冰花如雹，衬衫尽湿。我踉跄几步，才站稳了脚跟。不是我战胜了惊涛，而是它小试牛刀之后，又得意地退回到海中。

惊魂甫定，我又转身向海，看翡翠的波浪上闪烁着的阳光。我再次惊讶这海水的诡谲，它把所有的危险，尽藏在色彩迷离的游戏中。

越是美丽，越是单纯，越是有灭顶的灾难在窥伺着你。

惊涛的颜色是晶莹，那么海啸的颜色呢？

在 2005 年新年到来之际，再没有比海啸这个词更能让世界揪心。水给人类带来的灾难，莫过于洪涝与海啸。洪涝有一个过程，像 1998 年发生在中国长江流域的洪灾，历时两个多月。虽然也惊心动魄，但人们毕竟还有时间来与它抗争，来安全地撤离。海啸则不同，它几乎在瞬间发生。今天，当我们看到印度尼西亚、马尔代夫、斯里兰卡、泰国等处的印度洋沿岸的疮痍满目的城市与乡村，看到那么多的骤然萎谢的生命之花，便知道一场海啸的发生意味着什么。

在天宁岛，我也看到了海啸的遗迹。

去天宁岛北端的海岬观潮之前，我先参观了中部的岛上土著塔加族的石墟遗址。据说，这处遗址为塔加族的酋长所居。它是由 11 根巨石撑起的一幢石屋，这些石柱每根高约两丈，重约 40 吨，应该说坚固至极。可是，在 1800 年，这里发生了海啸，顷刻间，巨浪以雷霆万钧的力量摧毁了令塔加人引以为豪的石屋。11 根大石柱倒了 10 根，而石屋周围的小型民居，更是荡然无存。

这次海啸究竟有多大的威力？因没有确切的文字记载，已不得而知。但是，海啸之后，西班牙的探险者在 180 米高的山坡上，找到了石屋的构件。因此猜测，这次海啸的巨浪，最低有 180 米高。试想一想，一堵晶莹的 180 米高的水墙，以飙风的速度向前推进，有什么东西可以阻挡它免于毁灭呢？

自海岬观潮归来，我又回到了塔加族石屋遗址。我抚摸着那根孤零零屹立着的石柱，再看看倒在草地上的它的横七竖八的同伴们，心中难免升起一股排之不去的凄凉。

　　人因为有着非凡的智力而实际上成为万物之灵。但是，宇宙并没有赋予人类特权，让他主宰世界。人类只能是世界的一部分而绝不能成为世界的对立面，中国的先哲创造了一个词语——居安思危——诠释的便是这个道理。一个人居安思危，是他身处顺境时应想到随时可能到来的逆境；一个民族的居安思危，是它始终要思考自身的生存与发展；整个人类居安思危，就是我们要想保持生命的尊严，首先应该学会敬畏，学会谦卑。人类可以凭借自己的智力毁灭一个地球，但人类绝不可能凭借自己的智力创造一个地球。

　　离开塔加族石屋的废墟，我又走到了海边。黄昏来临，落日的红晕，给远处蓝得发黑的海面敷了一层胭脂。而近处的翡翠海面上，余晖像一朵朵火焰在跳动。当我为这辽阔的诗意而陶醉，风又起了，雪白的惊涛又蹿得老高老高。惊悚的我，再一次想到，灾难到来之前，它的色彩总是最美的。海啸的颜色是什么，灾难的颜色就是什么！

运河是一段乡愁

一

那一年莺飞草长的三月,站在黄鹤楼上的我,忽然想起李白《黄鹤楼送孟浩然之广陵》的诗句,对于"烟花三月下扬州"的意境非常推崇。于是忽发奇想,能否雇一条船,带上弦歌与美酒,从胭脂色的波浪上,遇埠则歇,对月而歌,半醉半醒地航行到扬州去呢?朋友也想体验一下唐人的闲情,自告奋勇地去寻找客船。帆船找不到,觅得一只机动的画舫也好。数日后,朋友沮丧地告诉我,偌大长江,找不到任何一只帆船与画舫。再者,扬州不在长江边上,即使雇到船只,也到不了瘦西湖边上那一片令李白痴迷的城郭。我这才意识到,千年前的优雅与浪漫,早已是沉湮的古典了。

这一种迷惘,我曾写进《烟花三月下扬州》那篇散文中。虽然失望一直在心中发酵,但也存着疑惑,为何古人可以从长江进入扬州呢?我记得瓜洲古渡是运河与长江的接口。如今,瓜洲的二三星火,也沉入了历史的苍茫吗?

还有一次,大约是两年前吧,我访问河南永城县境内的华佗村,这里距亳州只有 20 多公里，是汉丞相萧何的封地。村里一位老人告诉我，村中央曾是扬州通往洛阳的运河故道。农家砌房，经常从地下挖出一些残舵和铁锚，当然，也有一些断桅与朽腐的船板。老人让我看了一个锈蚀的铁锚，我抚摸它，像抚摸一段戛然而止的历史。从村里走出来，无论是东望扬州还是西眺洛阳，我看不到浮在波浪上的舟樯。一望无际的青纱帐，不再允许一盏桅灯或者一朵渔火在这里作片刻的盘桓。

数年间，因各种机缘，我或是走在京杭大运河已经干涸的河床上，或是在它尚在流淌的河段上看夕阳下的浪影。淤塞与疏浚，开凿与废弃，辉煌与衰落，保护与开发，似乎它永远都有着诉说不尽的忧伤、展示不尽的画卷。站在杭州的拱宸桥上，我希望看到从烟波深处摇来的乌篷船；在无锡城中的清名桥上，我披着烟雨蒙蒙的春色，思忖着，为何脚下的流水，再也不能流到幽燕之地，在通州燃灯佛舍利塔的身旁，听一听京韵大鼓，洗一洗北国的胭脂呢？

崛起于历史，必沉寂于历史。寒山寺夜半的禅钟依旧，但客船不再；扬州仍不缺三月的烟花，但迎送游子的布帆，早已消失在水远山重的前朝。

难道，那一条流动着繁华与锦绣的人造的动脉，只能在屡遭虫蛀的线装书中寻找吗？

二

如果在历史的版图上寻找中国古代文明最伟大的标识，则应该首推长城与运河。它们一个傲然矗立，一个悄然流淌；一个横贯东西，一个牵引南北；一个伴着铁马金戈，一个浸于桨声灯影。一个静态的阳刚，一个动感的阴柔。比拟于人，它们应该是一对夫妻。一个冷峻，一个灿烂；一个征伐，一个孕育。相伴而生啊千年厮守，在它们的结合中，诞生了一个又一个强大的王朝。

但是，在今天，在世人的文明谱系里，长城却是要比运河的名气响亮得多。长城上的雉堞与砖堡，至今仍让世界迷恋；而运河里的船队与波浪，似乎已经退出人们的视线。

作为中国人对生活的一种表达方式，运河早于长城。在公元前的5世纪，当人类虔诚的心智尚处于神话的年代，一个诸侯国的国君在他统治的疆土的北方，决定挖掘一条河渠以运输战争所需的粮草。这个国君叫夫差，这条河渠叫邗沟。六年前，我到扬州，专程造访邗沟。多么瘦弱的一条水沟啊！在水脉旺盛的扬州，它显得过于寒碜。它现在的样子，不要说运送粮草，就是采莲船也无法通过。但我知道，这不是历史的原貌。公元前486年就已经通行的人工河，应该是一条动脉而不会是一条毛细血管。两千多年历史的变迁，我们早已习惯了沧桑之后的陌生感。被截断或者淤塞的辉煌，只能让我们亲近古人理想的碎片。

河流死去的显著特征便是消失了桨声帆影。这有点儿像沙漠上的胡杨，它保留了生长的姿态，但再也不能用绿色哺育大地。幸亏运河并没有完全死去，还没有变成仅仅只是供人景仰的舍利。

尽管邗沟衰败，但运河的历史毕竟从它开始。自夫差之后，多少代帝王都在进行着开掘运河的接力赛。到1293年，在一位统治中国的蒙古皇帝的手上，自杭州到北京的运河才全线贯通。运河前后修筑的时间大约1800年，它的总长度也大约是1800公里。时间的长度就是运河的长度，这不是巧合，这是中国呈现给人类的奇迹。

说来奇怪，一条京杭大运河，少说也与几十位皇帝有关。但在民间影响最大的，莫过于吴王夫差与隋炀帝杨广。两人对运河的贡献最大，但两人都是昏君。杨广自洛阳乘着锦舟从运河来到扬州，最后横死在那里。我到扬州，专门去雷塘看了他的坟墓，并诌了四句：

　　杨花凋败李花香，地下谁能说短长。

　　铁马锦帆皆过尽，夕阳无语下雷塘。

秦始皇暴虐，但没有他便没有长城；隋炀帝荒淫，但是他让南方的运河流向了北国。仅限于道德，我们便无法客观地评价历史上的功过是非。运河是一部大书，我们在任何一个朝代，任何一种环境下阅读它，都会有不同的感受、不同的感慨。

三

有人问我，可以说"运河文明"这四个字吗？回答这个问题之前，我想引用拙著长篇历史小说《张居正》第三卷第二十七回明神宗朱翊钧对小太监说的一段话：

　　淮扬一带，扬州、仪真、泰兴、通州、如皋、海门地势高，湖水不侵。泰州、高邮、兴化、宝应、盐城五郡如釜底，湖水常常泛滥，所幸有一道漕堤为之屏障。此堤始筑之宋天禧年间转运使张纶。因汉代陈登故迹，就中筑堤界水。堤以西汇而成湖，以受天长、凤阳诸水脉，过瓜洲、仪真以通江，为南北通衢。堤以东画疆为田，因田为沟，五州县共称沃壤。南起邵伯，北抵宝应，盖三百四十里而遥。原未有闸也，隆庆六年，水堤决，乃就堤建闸。你们记住这建闸的谕旨，是朕登基后亲自签发的。兹后两年间，建闸三十六座，耗费金钱数万计……

说这一段话的时候，明神宗16岁。他并不是在讲一段地理常识，而是在述说自己的治国方略。在明代，有江南三大政之说。这三大政是漕政、河政、盐政。明神宗所说的"漕堤"即运河的堤岸。在明代，运河亦称为漕河。江南三大政中，河政与漕政都与运河有关。明神宗10岁登基，在兹后两年内，由首辅张居正主持，在淮扬一带运河中修建了36道闸口。在财政几近崩溃的万历初期，这不能不说是一种迫不得已的选择。

在明代，几乎一多半的工部尚书，都是水利专家出身。列于朝廷财政预算的河道治理经费，仅限于长江、黄河、淮河与运河四条。由此可见，运河对于一个庞大帝国的重要性。

在沟通京杭的长达1800年的开掘过程中，运河从来都是国家工程。在明代，特别是永乐皇帝迁都北京之后，运河达到了全盛。永乐十二年（1414），由东南即现在的长江三角洲地带通过运河运往北京的漕粮从过去的 40 万石左右升至 260 万石，从此成为大明帝国沟通南北的运输干线。运输物资的数量与种类不断增加，一条运河供养了帝国的首都与辽阔的北国。

从隋代开始，这一条贯穿了唐、宋、元、明、清几个庞大王朝的交通动脉，沟通了海河、黄河、淮河、长江、钱塘江五大水系，串联起数十座湖泊。济宁、淮安、扬州等十几座繁华的都市也因它应运而生。在漫长的中世纪，特别是明朝，中国有一支特别的军队名叫漕军，在运河全线，这支部队的数量高达 30 万人。因为一条河流而诞生一支军队，或者说一个兵种，这也是运河独有的人文风景。

文明一词，据我理解，是人类某一种带有鲜明特色的生存方式。它涵盖了文化、经济、制度、风俗各个方面。如果以此来推断，"运河文明"的说法是可以成立的。因为这一条地球上最伟大的人造河流，在一千多年的历史时段中，对中国的经济史、水利史、交通史、城市史、科技史、军事史、财政史等方面，均有深刻的影响与巨大的改变。

相比之下，地球上另外两条运河，即连接地中海与红海、连通亚洲与非洲的苏伊士运河，连接大西洋与太平洋的巴拿马运河，虽然因战略地位的重要，而起到了重组世界的作用，但其意义，主要彰显在经济与军事两个方面。且它们的年龄与长度都比中国古代的京杭大运河小得多。苏伊士运河长度只有 163 公里，1870 年正式通航；巴拿马运河长度为近 82 公里，1914 年通航。一个文明的发育与成长，需要漫长的时间与广袤的地域作为先决条件。从这两点上来说，苏伊士运河与巴拿马运河都无法同京杭大运河相比。

无可否认，运河文明是中华文明的一个组成部分，是一个伟大文明体系中的灿烂章节。在这个章节中，我们曾经感受到时代的变迁、风俗的衍生与生活的愉悦。

四

小时候曾读杜牧的《江南春绝句》：

千里莺啼绿映红，水村山郭酒旗风。

南朝四百八十寺，多少楼台烟雨中。

我一直对这首诗中表述的江南风光表示了极大的向往。杜牧在扬州十年，他眼中的山环水绕之胜景，便是对运河流域的生动写照。后来，我又读到张祜的《题金陵渡》：

金陵津渡小山楼，一宿行人自可愁。

潮落夜江斜月里，两三星火是瓜州。

瓜洲古渡曾是运河最繁忙也是最繁华的渡口，在张祜的笔下，瓜洲充满恬淡的诗意以及舟客羁旅的忧愁。

古代不少诗人，都为运河写下脍炙人口的诗句。明朝初年的东里先生，是唯一一个为我们留下运河行旅组诗的人。东里先生名叫杨士奇，是永乐皇帝深为倚重的大学士、内阁辅臣。永乐十八年（1420），朱棣决定迁都北京，杨士奇与僚属一起踏上迁都之路。一路上，他乘坐官船，尽情欣赏运河两岸的风光，写了六首诗。在《早至仪真》一诗中，他写道：

> 白沙岸头秋气清，仪真郭里早潮生。
> 五云北望金台路，初是朝天第一程。

最后一首《花园望北京》，杨士奇是这样表达心情的：

> 黄金宫阙望都门，预喜明朝谒圣君。
> 万岁山高腾王气，五云天上焕龙文。

迁都，是影响明朝国运的一件大事。从历史结果来看，朱棣迁都是英明之举。但离开花团锦簇的江南而来到风雪迷漫的北国定居，对依恋柳暗花明锦衣玉食的官宦来讲，毕竟不是一件快乐的事。因此，围绕迁都一事，曾在永乐朝廷中引起激烈的争论，甚至可以说是一场政治危机。作为朝中最为显赫的文臣，杨士奇拥护永乐皇帝的迁都主张。所以，在他的运河组诗中，我们读不到忧愁，看到的是一种迁往乐土的喜悦。

应该说，杨士奇的心情，也是运河的心情。一个国家的首都，必定是这个国家的政治、经济与文化中心。在元代，京杭大运河的开通，是为了将东南丰饶的物资运往北京。朱元璋建立明朝之后，废弃了北京而建都南京，京杭大运河便迅速地衰落。设想一下，如果朱棣没有把首都迁往北京，恐怕不到明代中叶，运河便会因无人管理而淤塞废弃。此前北京曾两度建都，但因都是北方少数民族的政权，他们的生活习惯以及物用之需，对南方的依靠还不算太大。但自朱棣迁都之后，北京便有了第一个汉人士族集团。作为帝国的统治者，他们将江南的生活习惯与民情风俗带到北京。为了满足汉人士族的需要，必须有大批江南的物产运到北京。因此，明代的运河，发挥的效益最大，它的繁忙程度，远远超过长江、黄河与淮河。为了增强通航与运输能力，明朝廷投入了大量的物力与人力。可以说，没有任何一个朝代，像明朝那样将运河当成不可替代的生命河。

<h1 style="text-align:center">五</h1>

运河最灿烂的年代在明朝，它急剧地衰败则是近一个世纪的事。因为公路、铁路以及航空的诞生，水上交通特别是内河的航运已经日见式微。曾是农业文明的骄傲忽然间变成了工业文明的弃儿，运河不再成为国家的动脉。这导致运河的功能退化，也是淡出我们生活的重要原因。

当年，从杭州乘船沿运河到北京，少说也得一个多月。今天，连接两座城市的铁路与高速公路，都只需十个小时左右的车程。若是乘坐飞机，更是缩短至两个小时之内。科技发展导致交通利器的产生，同时也使人们的心智产生极大的变化。古时候，一个月的水上旅行，与帆桨为伍，与鸥鹭相亲，以两岸的风光养眼，以河上的波涛养心，该是多么惬意的乐事啊！但在今天，每一个人似乎都在日理万机，优哉游哉的生活他们再也无福消受。生活方式的改变，让运河的诗意退出了我们的心灵。

近几年，一些有识之士一直在大力呼吁抢救运河，并争取将运河申报成世界文化遗产。听到这种越来越强烈的声音，我且喜且忧。喜的是运河的知音还在，他们的举动绝非敝帚自珍，而是对已经逝去的一种生活方式的珍惜与肯定；忧的是一条活生生的运河，竟成了一份遗产。谁都知道，大凡成为遗产的东西，都是文化的孑遗。它们不再属于生活，而是属于历史；不再属于享用，而是属于凭吊。

任何时候，提到遗产两个字，不知为何，我就会莫名地生起乡愁。精神故乡的迷失，让现代的人们乡愁越来越浓。这乡愁不是怀旧，而是反省。我很想回到六百年前，像东里先生那样，雇一条客船，从杭州航行到北京。但我知道，这只能是一厢情愿。

黄山听雨

　　下午，车轮掠过千枝万枝秋色，每一枝上都悬着黄山的雨云。仿佛只要按一下喇叭，雨点就会噼噼啪啪掉下来。比之山下，黄山要入秋得早一些。又因触目皆是石破天惊的境界，黄山的秋雨，就格外像千年的老蛇那样冷峻。

　　这个季节，游山的人很多。客店已满，我们一行三人只好投宿到眉毛峰下的一户农家。那是丛林中一栋简陋的小楼。我们还没有走进小楼，大雨就滂沱而至。游山的兴致，被它淋成一壶欲热还凉的花雕。

　　雨下着，树枝变成了雨箭，很古风地飘荡着；雨下着，岚雾搓成的雨绳，很悠久地恍惚着。雨中孵出的暮霭，像我的肺叶一张一合。黄山七十二峰，七十二座美丽得叫人想哭的自然博物馆，在今晚，已不能让我参观它隐秘又恢宏的构筑了。

　　黄山最好看的，是松、石、云，如今松在雨中，石在云中，云在暮中。层层叠叠的黄昏，封锁了所有的山道。

　　那么，今夜，我在黄山就只能听雨了。

　　今年夏天，我已游过庐山、九华山。我想，来到黄山，游兴一定能推到极致。谁知天半朱霞已成妄想。顺着雨绳，我怎能攀摘黄山的翠微？那时我曾有好一阵子生气呢。在这个浅薄的年头，不说那些高官巨贾、政客名伶，就连那些星相邪卜、趋炎附势之流到处都有青眼相迎。难道黄山也生了一双势利眼，只肯用连山寒雨，来搪塞一个落拓的诗人？

很快，我明白，这么想是错的。

正因为我的落拓，我的在庐山三叠泉洗过的耳，在九华山的归城寺里被梵钟撞得更为清纯的襟袍，黄山才迎我以雨。

人之上升的历史中，雨是永远的动力。而诗人之于雨，并不仅仅是生物的适应。至今我尚能感到，落在唐诗宋词中的雨，是何其撩人情怀。"巴山夜雨涨秋池"的李商隐，深沉彻骨；"寒雨连江夜入吴"的王昌龄，冷峻有加。"一蓑烟雨任平生"，活脱脱的苏东坡情性；"细雨骑驴入剑门"，书剑飘零的陆放翁自况。大凡血气十足的诗人，没有几个不落拓的，唯其落拓，才能让生命在雨中开放出超凡拔俗的花朵来。

所以说，今夜的黄山雨，是为我下的。

为了好好度过这个雨夜，我询问小楼的主人有没有酒。他翻箱倒柜找出半瓶大曲。三人共享，少是少了点儿，但总比没有强。

雪中饮酒是为了驱寒，雨中饮酒是为了驱散寂寞。而今夜我并不寂寞，窗外的每一枝松，每一尊石，都是等了我千年的酒友。

雨是越下越浓了。

夜太深，我见不到楼下的谷中桃花溪崩冰喷雪的流姿，更看不到楼后的山上百丈泉瘦蛟腾舞的威仪。但是，我有满耳敲金戛玉的声音，这些涵养灵气的乡音，把万物融为一体，使我无穷遐思的辐射频带，瞬间穿透了永恒。

我端起杯来，一口饮尽黄山的七十二峰雨声，并细细品味：哪是鳌鱼峰的粗犷，哪是莲花峰的婀娜，哪是仙人峰的飘逸，哪是耕云峰的深洁……五光十色的黄山雨声啊，醉了我的十丈青肠。

一杯复一杯，小饮着酒而豪饮着雨。今夜里，黄山给了我锦绣之胸，青灯外满掌的黑暗，也被我拍成比轩辕帝还要古老的浩然。

酒尽了，兴犹未尽。主人又煮了一壶非常新鲜的雨季送来。用它来泡黄山云雾茶，一杯芬芳的江南便在我眼前袅袅升起。啜饮它，佐以鸣泉飞瀑。我携之既久的孤独，顿时被暖成挂在历史树上的一枚果实。虽然它是酸的，毕竟那么浑圆。

酒也酒过，茶也茶过，雨声却不见稍歇。同行的朋友说：这时候如果雨声停了，出一轮明月多好。我则希望这雨永远落下去。获瞻霁月固然是清丽的享受，但得到雨声滋养，我的精神领域中，更能长出一片比黄山还要峭拔的风景。

2005 年 8 月 10 日

诗中的三峡

一

在美丽山水的家族中,三峡是最令人流连忘返的地方,有着真正的历史性。

从夔门到荆门,这全长 292 公里的三峡,每一丛岩石,每一叠波涛,无一不是撼人心魄的诗的华章。

科学家和工程师喜欢用数学的语言来表达他们的思想,而我们诗人,则更习惯将自己的激情融入历史。

泱泱中国,是古老而又庄重的诗的古国,而三峡堪称是一部真正的史诗。如果说,随着 1994 年三峡工程的开工,三峡的史诗之笔,已经传到了水电建设者的手中,那么此前,这支如椽的巨笔,则一直在诗人的手中。

宋朝的大诗人陆游,站在秭归楚城的遗址上,曾发出这样的感叹:

江上荒城猿鸟悲,隔江便是屈原祠。

一千五百年间事,只有滩声似旧时。

这首诗是悼念屈原的。三峡中的秭归，是楚国大诗人屈原的故里。三峡的风涛，铸就了中华民族一颗伟大而又热烈的诗魂。屈原忧国忧民，"虽九死其犹未悔"的高贵品质，成为中国历代诗人的楷模。屈原投汨罗江自沉，到陆游站在楚城遗址上隔江对着屈原祠凭吊，已过了1500年，而陆游写这首诗至今，也已过了800年。但陆游的感叹，仍在我们心中回响：

只有滩声似旧时！

这其中有诗人深刻的内心反省，我们是否活得庄严，我们人生的价值何在？物换星移，一切都在改变。不变的只有涛声。这涛声中，有诗人的理想，有诗人对历史的思索。

我一直没有机会乘坐木船过三峡。我只能站在甲板上，在没有任何危险的情况下，来欣赏三峡的山。清朝诗人张问陶，过瞿塘峡时，写了一首《瞿塘峡》：

峡雨蒙蒙竟日闲，扁舟真落画图间。
便将万管玲珑笔，难写瞿塘两岸山。

瞿塘两岸山的险峻，巫峡两岸山的瑰丽，西陵峡两岸山的雄奇，这绵延数百里的层峦叠嶂，怎不令你惊叹大自然的鬼斧神工。人对自然的改造，比之自然的自我塑造，显得多么微不足道。

现在，到三峡旅游的人，看的便是这三峡的山。遗憾的是，他们无法亲近三峡的水。三峡的山，令我们赞叹不已，但三峡的涛声呢，我们只能让轮船的舵桨去亲近它。古人却不是这样，他们端坐在小小的木船上，与玩着死亡游戏的波涛，仅仅只隔着一层薄薄的木板。因此，他们对涛声真切的体验，我们是无法获得的。

请看李白的这两首诗：

巫山夹青天，巴水流若兹。
巴水忽可尽，青天无到时。
三朝上黄牛，三暮行太迟。
三朝又三暮，不觉鬓成丝。

——《上三峡》

朝辞白帝彩云间，千里江陵一日还。
两岸猿声啼不住，轻舟已过万重山！

——《早发白帝城》

第一首是李白于公元759年流放夜郎途经三峡之黄牛峡而作。北魏无名氏的《三峡谣》是这样写黄牛峡的："朝见黄牛，暮见黄牛。三朝三暮，黄牛如故。"不觉鬓成丝，可以想见，坐在小木船上的诗人，面对一串串大如牛的涡漩，每前进一步，都要挣脱多少死亡的羁绊。伍子胥过昭关，一夜白了头发，在三峡中逆水行舟，又何尝不是这样。但是，一旦顺流而下，情况又不一样了。李白的第二首诗，正是表达了在三峡中顺水飞舟的快乐心情。千里江陵一日还，这固然是诗人的夸张，但也说明三峡江涛流速之快。在汹涌澎湃的胭脂色波涛中，船如脱弦之箭，两岸峭壁，一掠而过，十万峰峦，过眼云烟。还有那些被风投掷来的一把一把的猿声，也只能落在船尾的浪花上。

李白的两首诗，道出了出峡和入峡两种行船的实况和心情。总之，放舟三峡，不管是顺水还是逆水，你总会感觉有一些什么东西从那不可遏止的涛声中流露出来。它们是从长江母亲那里来的，神秘而不可言传。置身其中，你会产生一种强烈的"共生感"。涛声与你，融为一体，在人世的浮沉中，永远保持那种不可战胜的冲击力。

二

所有的路都通向城市。

这是一位著名的西方诗人的诗句。这是欣喜，亦是绝望。进入 20 世纪，随着科技的发展，人类的智慧都向城市集中。这种趋向超越了意识形态和国界，而成为当今世界的浩浩洪流。城市是现代文明的象征，但是，被混凝土的森林压得透不过气来的城里人，比任何一个时候都更渴望回归自然，都希望徜徉于秀山丽水，断除现代文明带给人类的苦恼和奢望。

三峡，作为人们回归自然、极尽野趣的最好的选择之一，到了本世纪末，就不复存在了。新的史诗的诞生，是以旧的史诗的毁灭作为代价的，告别三峡，这是多么沉痛的宣告。正是这样一种心情，使我想起了杜甫写于白帝城的《登高》这首诗：

风急天高猿啸哀，渚清沙白鸟飞回。

无边落木萧萧下，不尽长江滚滚来。

万里悲秋常作客，百年多病独登台。

艰难苦恨繁霜鬓，潦倒新停浊酒杯。

读着杜甫这苍郁沉雄的诗句，我们不禁为他浓烈的忧患意识和窘迫的生活境况而感动。白帝城——这个三峡不平凡的开头，的确是个危楼百尺、诗情千丈的地方。不少诗人，都在这里写下了千古传颂的佳作。他们中的佼佼者，当然是为避"安史之乱"而流落到白帝城的杜甫。他在这个刘备托孤的地方，写下了不少名篇，代表他诗歌最高成就的《秋兴八首》，便是写在白帝城，下面录其一首：

玉露凋伤枫树林，巫山巫峡气萧森。

江间波浪兼天涌，塞上风云接地阴。

丛菊两开他日泪，孤舟一系故园心。

寒衣处处催刀尺，白帝城高急暮砧。

杜甫写在白帝城的诗，多是沉哀的冷色调。我们可以理解在"国破山河在"的境况下，人的忧患与山河的美丽便处在紧张的对立之中。我们浏览历代诗人写在三峡的诗，多半都含有一种难以释怀的沉重感，像刘禹锡的《竹枝词》：

瞿塘嘈嘈十二滩，此中道路古来难。

长恨人心不如水，等闲平地起波澜。

平地起波澜，这是三峡江涛的真实写照。正是这险恶的波澜，曾教多少旅客青发的头颅撞在那峥嵘的礁盘上。诗人由三峡的波澜之险，联想到人心之险，便情不自禁地发出人生道路艰难的感叹。

中国的传统知识分子，深受孔孟儒家学说和老庄哲学的双重影响，其生命轨迹，莫不沿着"达则兼济天下，穷则独善其身"这一条准则来进行。但是，作为最敏感、最正直而又卓尔不群的诗人，人生却少有得意之时，诗人仿佛是苦难的代名词。因此，当他们置身三峡，感受巫山巫峡的萧森之气，聆听村夫野老讲述三峡的人文景物，便不得不生出各种无法排遣的愁绪。

请看下面的几首诗：

巫峡迢迢旧楚宫，至今云雨暗丹枫。

微生尽恋人间乐，只有襄王忆梦中。

——唐·李商隐《过楚宫》

巴江猿啸苦，响入客舟中。

孤枕破残梦，三声随晓风。

连云波澹澹，和雾雨濛濛。

巫峡去家远，不堪魂断空。

——唐·吴商浩《巫峡听猿》

楚驿独闲坐，山村秋暮天。

数峰横夕照，一笛起江船。

遣恨须言命，冥心渐学禅。

迟迟未回首，深谷暗寒烟。

——宋·寇准《巴东驿秋日晚望》

旧国风烟古，新凉瘴疠清。

片云将客梦，微月照江声。

细和悲秋赋，遥怜出塞情。

荒山余阔阅，儿女擅嘉名。

——宋·范成大《夜泊归舟》

历历青山远更围，萧萧红叶晚争飞。

一天暮雨来巫峡，万里寒潮到秭归。

郢路苍茫衰草遍，楚宫芜没昔人非。

滩声半夜堪头白，况复天涯未授衣。

——清·王士禛《归舟书感》

　　随手拈来的五首诗，两唐、两宋、一清，诗人的身份，既有宰相，亦有布衣。时代、地位等外在的因素虽有天壤之别，但同怀的那一颗诗心，却都是一样鲜活。触景生情，借物抒怀，三峡的景物，无论是微观还是宏观的，都成为他们命运的生动写照。这里，特别值得一提的，还有唐代女诗人薛涛写的一首《谒巫山庙》：

乱猿啼处访高唐，路入烟霞草木香。

山色未能忘宋玉，水声犹是哭襄王。

朝朝夜夜阳台下，为雨为云楚国亡。

惆怅庙前多少柳，春来空斗画眉长。

巫山神女，这大概是三峡中最为美丽动人的神话了，在宋玉的《高唐赋》中，这位神女曾向楚王自荐枕席，极尽云雨之欢。从此，巫山云雨，成为人世间男欢女爱的代名词；巫山神女，也成为人们所喜爱的爱情女神。薛涛，这位歌妓出身的才女，从神女的传说联想到自身的遭遇，便生发出"春来空斗画眉长"的悲切唏嘘。古人云："士为知己者死，女为悦己者容。"薛涛感到苍茫人世，难逢知己。怀着无人知晓的孤独情爱，在巫山庙前，她所听到的，只能是"水声犹是哭襄王"了。

古代女诗人中，入三峡而留下了诗章的，大概只有薛涛一人了。但是，男诗人过巫峡而想与神女相逢的，却不在少数，像陆龟蒙的《巫峡》：

巫峡七百里，巫山十二重。

年年自云雨，环佩竟谁逢。

神话毕竟是神话，云雨巫山年年在，只是神女一去不复返了。

巫峡中的巫山，有十二峰。神女峰是其中的一座。它山形奇峻，峰巅矗立一狭长岩石，远看似一位亭亭玉立的少女，神女的故事，便是由它衍生而来。

> 巫山十二峰，皆在碧虚中。
> 回合云藏月，霏微雨带风。
> 猿声寒过涧，树色暮连空。
> 愁向高唐望，清秋见楚宫。
>
> ——唐·李端《巫山高》

> 昨夜巫山下，猿声梦里长。
> 桃花飞绿水，三月下瞿塘。
> 雨色风吹去，南行拂楚王。
> 高丘怀宋玉，访古一沾裳。
>
> ——唐·李白《宿巫山下》

　　三峡中，留诗最多的是巫峡，其次是归州，即今天的秭归。这是因为巫峡中有神女，归州是屈原的故里。还有一个特点，即写巫山神女的诗中，多半都有猿声出现。上面两首，皆写到了猿声。神女是美丽的传奇，猿声是苍郁的野趣。同平庸的人间生活相比，它们都含了一点凄凉，因此也就特别能打动饱受磨难的诗人的心了。实际上，神女与猿声，已成为诗人出尘生活的对应。诗人们亲近三峡而写出这么多苍凉的诗句，多是人到中年，对人世有了深刻的体验之后。实际上，每个人的生命中，都会有一条奔腾不息的三峡。自然的三峡，我们可以截流，但生命中的三峡，却是不能这样的。我们被眼花缭乱的现代生活折磨得透不过气来，总得在心中，给爱情至上的神女，给唤醒人们回归自然的猿声，留下一个位置吧。

三

现在的生活，越来越依赖于工业科技，电改变了人们的生活方式。为了给向现代化迈进的中国提供更多的电能，三峡将成为世界最大的水电基地。在一个水电专家听来，三峡的涛声都是电能的呼啸。可是，在一个诗人看来，三峡的涛声永远是夺人心魄的生命的激流。

> 西南万壑注，勃敌两崖开。
>
> 地与山根裂，江从月窟来。
>
> 削成当白帝，空曲隐阳台。
>
> 疏凿功虽美，陶钧力大哉！
>
> ——唐·杜甫《瞿塘怀古》

这是三峡最好的赞美诗。中国没有任何一段江流可以和三峡匹敌。有其江流迅猛者，没有其长；有其长者，没有其气势；有其气势者，没有画廊一般的两岸；有如此之两岸者，没有其曲折、雄峻……

可是，这样一段江流，马上就要失去了。

站在三峡新坝的工地上，我在想，我们失去的究竟是什么？我们的生活已日益资本化、工业化、模式化。这是一个很难培植艺术个性的时代，更不用说艺术人生了。可是，历代讴歌三峡的诗人们，不管经受多么大的苦难，他们所追求的，无一不是艺术人生。

在三峡这首汹涌澎湃的史诗中，有时候，我们也能听到一些抒情的小夜曲。

> 暂借清溪伴钓翁，沙边微雨湿孤篷。
> 从今诗在巴东县，不属灞桥风雪中。
>
> ——宋·陆游《巴东遇小雨》

三峡两岸山中，有无数条美丽的溪水注入长江。最有名的，当数昭君浣纱的香溪了。西陵峡中的香溪，有昭君故里宝坪村。关于昭君，苏东坡是这样写的：

> 昭君本楚人，艳色照江水。
> 楚人不敢娶，谓是汉妃子。
> 谁知去乡国，万里为胡鬼。
> 人言生女作门楣，昭君当时忧色衰。
> 古来人事尽如此，反复纵横安可知。

这是一首杂言诗，作者从昭君的命运感叹人世的坎坷。王昭君——这个被称为中国古代四大美人之一的明妃，在中国历史上，留下了永远的美丽、永远的芬芳。古人说：物华天宝，人杰地灵。三峡灵气该滋养了多少闻名于世的风流人物啊！

每年春天，桃花灼灼之时，香溪河中就游动着一种新奇美丽的桃花鱼。洁白、淡红，像千万瓣桃花洒满河中，岸上桃花水中鱼，走到这里，你分不清哪是桃花哪是鱼。

跑到三峡来暂做钓翁的陆游，钓的不知是不是这种桃花鱼。设想一下，霏霏微雨之中，将漂泊的孤舟系在软软的沙滩上，然后披一袭蓑衣，就着摇船汉子的唉声，抛出长长的钓丝。不知不觉，一天过去了。鱼没有消息，但却从清溪中，钓起了一串串鲜活的诗句。

如此钓翁，乐莫大焉。

再看这首诗：

> 千条白练罩江边，无数歌声透晚烟。
>
> 棹到中流真自在，浑如天上坐春船。
>
> ——清·干传一《宁河晚渡》

如此钓翁，其乐融融。

还有：

> 荒山茅屋短墙边，临水桃花一树鲜。
>
> 可见春山原不吝，最无聊处也嫣然。
>
> ——清·郑成基《峡中见桃花》

撇开三峡的涛声、猿声、云雨和险滩，单单拈出茅屋短墙边的一树桃花来，其独到的野趣，跃然纸上。

还有一首写桃花的：

> 山上层层桃李花，云间烟火是人家。
>
> 银钏金钗来负水，长刀短笠去烧畲。
>
> ——唐·刘禹锡《竹枝词》

"江山如有待，花柳更无私。"三峡桃花，开在烟火人家之中。峡中的春天，虽然来得迟些，但那嫣然的春色中，却浸满了浓郁的三峡风情。

还有一首诗，似乎远离了人间烟火，却更显得清纯可爱：

> 缥碧断崖小，深红古庙寒。
>
> 春风吹塔影，一簇好林峦。
>
> ——清·张问陶《上真观》

上真观，旧名真武观，俗称流来观。其址在秭归西十里沙镇西口，平地突起一小峰，观建在峰上。江水上涨，终不湮没，这座被称为"佛屿孤灯"的上真观，是古归州的八景之一。

在众多的三峡诗歌的韵律中，我们很少听到佛鼓禅钟。大概本来这里就是佛国的净土，慈悲为怀的观自在菩萨，自有更多的苦难之地需要她。但是，张问陶的这首小诗，让我们看到了三峡的远离尘嚣的另一面。春风中的塔影，比之春风中的桃花，似乎更能触发人们的灵感。岁月如水，浮生若梦，听听这砖塔上的檐马风铃，我们怎能不联想到东方的大思想家孔子面对滔滔江水发出的感叹：逝者如斯夫，不舍昼夜！

四

忙生俗，静生雅，虽然不是规律，却是我生活的经验。我想在这一点上，许多诗人肯定会和我有同样的感受。在红尘中忙忙碌碌的人，是不可能礼佛的；心若非闲静到极致，也绝不会品到什么禅味。忙人来三峡，哪里会有闲情逸致，来细细品味三峡的山川风物呢？

为了生活，一个人必须奔波劳碌，但他的心，却应该安静。静生定，定生慧。一个有智慧的人，生活才有品位。众多来三峡的诗人中，欧阳修是比较特殊的一个。

请看他的《虾蟆碚》：

石溜吐阴崖，泉声满空谷。
能邀弄泉客，系舸留岩腹。
阴精分月窟，水味标《茶录》。
共约试春芽，枪旗几时绿。

虾蟆泉位于西陵峡段。乘轮船出黄牛峡，过南沱不久，便会看到江南岸有一巨石挺出于明月峰麓，形如一只蹲踞江边的虾蟆。这虾蟆石后有一个石洞，流出一股泠泠的泉水。这虾蟆泉水色清碧，水味甘美。唐代的茶圣陆羽来此品尝，誉其为"天下第四泉"。

北宋著名的政治家欧阳修，因得罪权贵，曾被贬为夷陵县令。这位官场失意的大诗人，于是悠游三峡，于浩浩江流之外，另寻清冽如饴的甘泉。"在山泉水清，出山泉水浊"，杜甫早就这么咏叹。欧阳修专程驾船寻泉，雅兴如此之高，恐怕还是那"清"与"浊"的概念在起作用，使得他那么专心致志地寻找人生真谛。

三峡的泉水好，三峡的茶叶也是茶中的珍品。不少诗人来此，都免不了要用三峡的泉水，沏一壶三峡的绿茶，邀几个弄泉客，在月色空蒙之夜，细细品尝这难得的珍味。品茶，一直是中国古代士大夫修养的表现。一只白瓷在手，淡淡茶香在胸，顿时，命运的重荷消失了，只有轻松、平易与谐和。难怪古人说，茶道即禅味。品茶，会使你进入宁静和无妄的状态，你的生命深处的"自我"也是那么清晰明晓。于是，你顿生难以言喻的喜悦，一种超越理智的东西使你有了永远的获得。

这便是艺术人生的体验。

同宗教人生相比，艺术人生虽然没有它执着，却更活泼，更接近生命的本质。

古代的诗人们，在三峡这片神奇的山水中，都能根据自己的需要，找到生命的对应。

旅游作为一个新兴产业，是近年来才出现的。但古代的诗人们，多半都是名副其实的旅游家。他们徜徉于山水之间，面对天造地设的美丽风景，而生发出种种奇思逸想。我读过一些西方游记，所记述的多是自然的变迁和变化，很少融入个人情思。而我们中国则不同，"相看两不厌，只有敬亭山"，"我见青山多妩媚，料青山，见我应如是"，这种从物我相吸到物我两忘，是东方人特有的审美体验。

诗人们在三峡的审美体验，无论是淡淡的哀愁，还是出尘的遐想；是执着的狂放，还是庄重的唏嘘，那人性的灵光，无一不在他们的韵律中闪耀，那"心智"的并发，无一不在三峡的岩壑间撞击，发出振聋发聩的金石之声。

我认为，像三峡这样奇异的山水是站在时间之外的，作为人类生活的象征，它永远屹立。而我们诗人中的每一个，都生活在时间的内部。

由诗人们创造的三峡的史诗该在我们这一代诗人的手中结束了。告别三峡的挽歌，已在我们的心中弥漫。此刻，我们会是一种怎样的心情呢？

> 遥遥去巫峡，望望下章台。
>
> 巴国山川尽，荆门烟雾开。
>
> 城分苍野外，树断白云隈。
>
> 今日狂歌客，谁知入楚来。
>
> ——唐·陈子昂《度荆门望楚》

> 渡远荆门外，来从楚国游。
>
> 山随平野尽，江入大荒流。
>
> 月下飞天镜，云生结海楼。
>
> 仍怜故乡水，万里送行舟。
>
> ——唐·李白《渡荆门送别》

陈子昂和李白，都是以旋转风涛的才情，留下他们告别三峡的瑰丽诗章。在攘攘人世，他们永远是与三峡涛声媲美的"狂歌客"。他们有悲哀，但他们更多的是沉雄；他们有柔情，但他们更多的是直冲云天的豪气。我们今天的诗人，告别三峡，应该有古诗人的这种云水胸襟，即使要唱一曲挽歌，也应该携雷带电，像三峡一样，成为人间的绝响。事实上，当代就有那么一位"狂歌客"，写下了一首告别三峡的诗章。

更立西江石壁，

截断巫山云雨，

高峡出平湖。

神女应无恙，

当惊世界殊！

——毛泽东《水调歌头·游泳》

1996 年春于梨园书屋

第二辑

　　若有人问我，宁静的外在形式是什么，我必回答一个"灰"字。红为热烈，绿为雄壮，白为雅洁，而灰所含蕴的则是至深至浓的宁静了。

饮一口汨罗江

汨罗一水，迤迤逦逦，在中国的诗史中，已经流了两千多年。诗人如我辈，当它为愤世嫉俗之波的，不乏其人；取它一瓢饮者，更是大有人在。当然，饮的不是玉液琼浆，而是在漫长的春秋中浊了又清，清了又浊的苦涩。这苦涩，比秋茶更酽。

这会儿，我正在汨罗江的岸边，捧起一摊浑黄得叫人失望的江水。手持鲜花时，花香浸入衣衫中；双手舀水时，天空在水中反映出来。这一捧比虫蛀的线装书还要古老的浑黄能反映什么呢？天上艳阳正好，今天恰恰又是端午节，软白的粽子香在别人的嘴中，翠绿的艾剑戟立在苍茫的原野上。这些，都使我手中的这一捧，浑黄有加。我想，大凡成了历史的东西，肯定是再也清澈不起来了。可是，为了在端午节这一天，饮一口汨罗江的水，我可是千里奔驰特意赶来的啊！

脖子一扬，我，饮了一口汨罗。

立刻，我感觉到，就像有一条吐着信子的蛇蹿入我的喉管，冰凉而滑溜，在我肝胆心肺间穿行，如同在烟雨迷蒙的天气里穿过三峡的蛟龙。

愤世嫉俗的味道真苦啊！

同行人大概看出我脸色难看，埋怨说："叫你不要喝你偏要喝，这水太脏了。"

我报以苦笑。

朋友继续说："你们诗人都是疯子，不过，也像圣徒。恒河的水污染那么严重，圣徒们也是长途跋涉，非得跑到那里去喝一口。"

我得承认，朋友这么说，并不是讥笑我，他只是不理解，我的行囊中，带有青岛啤酒和可口可乐，为什么，我非得饮这浑黄的汨罗？

这小小的隔阂，让我想起禅家的一段公案。

一次，著名禅师药山惟俨看到一个和尚，问："你从哪里来？"和尚答："我从湖南来。"药山又问："湖水是不是在泛滥？"答："湖水还没有泛滥。"药山接着说："奇怪，下那么多雨，湖水为什么没有泛滥？"和尚对此没有满意的回答。因而药山的弟子云岩说："是在泛滥。"同时，药山另一个弟子东山大叫道："何劫中不曾泛滥！"

细细品味这句话，不得不佩服禅家独特的思维品质。何水不脏？我想对朋友当头棒喝的这四个字，本源于何劫中不曾泛滥的设问。这种心境，当不属于柳枝无主、憔悴东风的哀叹。

不过，那四个字我终究没有问出口。然而由禅家推及诗家，我想得更多了。

汛期湖水泛滥，每个人都看得到。可是，干旱季节的湖水泛滥，又有几个人能感觉到呢？屈原淹死在汨罗江，这是大家都知道的。但汨罗不只是湘北的这一条，也不尽然是由波涛组成，知道这一点的，恐怕更是微乎其微了。

何劫中不曾泛滥！还可以推补一句，何处没有汨罗江？

刘伶的汨罗江，是一把酒壶；嵇康的汨罗江，是一曲裂人心魄的《广陵散》；李白的汨罗江，是一片明月；苏东坡的汨罗江，是一条走不到尽头的贬谪之路；秋瑾的汨罗江，是一把刎颈的大刀；闻一多的汨罗江，是一颗穿胸的子弹……写到这里，我禁不住问自己：

你的汨罗江会是什么呢？

屈原本姓芈，后来改姓熊，是我的同宗。其祖上是楚王的儿子，封在屈地（即今秭归县一带），从此便以封地为姓。大概因为这个缘故，我对这位天生叛逆的诗人也就格外敬重了。从知道他的那一天起，他就是我写诗做人的坐标。每当灾难来临，我就想到那形形色色的汨罗江。好多次，当我的愤怒无法宣泄，我就想跑到这里来，跳进去，让汨罗再汨罗一回。今天，我真的站到了这汨罗江的岸边，饮了一口浑黄后，我的愤怒被淹灭了，浮起的是从来也没有经历过的惆怅。

徘徊又徘徊，在岸边的蒿草丛中，我歌我哭的心境，竟沦为鱼虾之沼。

江面上，两三渔舟以一种"与尔同销万古愁"的悠然，从我眼前飘过。不知道屈原为何许人也的渔翁，一网撒去，捞回来的是最为奢侈的五月的阳光。偶尔有几条鱼婴，看上去像二月的柳叶，也被渔翁扔进了鱼篓。那也是他的收获啊！醉翁之意不在酒，而渔翁之意，却是肯定在于鱼的。

中国的渔翁形象，从劝屈原"何不随其流而逐其波"的那一位，到"贯看秋月春风"的那一位，都是明哲保身的遁世者。权力更迭，人间兴废，与他们毫不相干。船头上一坐，就着明月，两三条小鱼，一壶酒，他们活得好逍遥啊！你看这条因屈原而名垂千古的汨罗江上，屈原早就不见了，而渔翁仍在。

这就是我的惆怅所在。

一位清代的湖南诗人写过这么一首诗：

> 萧瑟寒塘垂竹枝，长桥屈曲带涟漪。
>
> 持竿不是因鲂鲤，要斫青光写楚辞。

看来，这位诗人的心态与我差不多，又想当屈子，又想当渔翁，结果是两样都当不好。鱼和熊掌不可兼得，古人早就这么说过。

既如此，我的饮一口汨罗的朝圣心情，到此也就索然了。归去罢，归去来兮，说不定东湖边上的小书斋，就是我明日的汨罗。

正月初一这一天

今天是正月初一，持续了半个月的暗暗哑哑，时雨时雪的天气，仍没有一点放晴的意思。我们这地方过年的习俗，正月初一是不出门的。一家人聚在一起，围炉向火，卸下一年的劳累与烦恼，享受浮生中这一天的天伦之乐，不能不说是一种难得的乐趣。当了十几年专业作家的我，多少日子，多少朋友，来往间都透露着淡泊闲静的消息。所以，我之享受天伦之乐，就不仅仅局限于正月初一了。近几年，这情况有了改变。本是栖隐有份、进取无缘的我，在朋友的怂恿下下海经商了。原来想浅尝辄止，在商海里泡一泡就上岸的。谁知道两三年一过，倒应了"人在江湖，身不由己"这句话，在商海里越游越远，在旁人看来，我是乐不思蜀了。然而个中苦衷，只有我自己清楚。当了一年商人后，我曾哼出这么四句：

> 投身商海作遨游，
> 又赚钱来又赚愁。
> 一个天生诗佛子，
> 从来故意失荆州。

我虽然已熟悉了商人的生活，但感到自己本质上仍是一个诗人。就像这个正月初一，虽然人们注重一家团圆，但不安分的商人们仍会四处活动，给那些能在新的一年里给自己带来利益的人物们拜年。而我这个商人，却仍守着过年的传统，安安静静地与家里人待在一起，过一个其情也殷、其乐也融的春节。

且看正月初一，我是怎么度过的：上午九时起床，吃早饭。而后我的老母亲在厨房里准备午餐，我与妻、儿一起在客厅里唱卡拉OK，我唱了日本民歌《北国之春》。一小时后，妻与子开始看影碟《野鹅敢死队》，我则回到书房，阅读《云南鸡足山志》。不觉三个小时过去。又吃过午饭，接着躺在沙发椅上，眯了一阵子瞌睡，又接着读书。到了下午四时，母亲尚在午睡，妻躺在床上，看我前几日写的《问花笑谁》的散文，儿子看他所喜欢的影碟科幻片《星球大战》。读了半日鸡足山的我，便决定开车到东湖边上兜兜风了。

武汉暴冷暴热，气候起伏太大，不是理想的居住地，但是，武汉的一座东湖，却又是中国城市中最美的风景之一。我的家在东湖边上，所以我常说，我是住在最不理想的城市里的最好的地方。

今年的立春日在腊月二十七，已经四天了，这薄暮中的东湖，仍横陈着一片冬意。我开车从梨园的大门，拐过楚人狂欢岛，而后驰上从九女墩至磨山的十里长堤。这道堤把东湖隔成了内湖与外湖。湖心亭前的二十三孔桥，是沟通两湖的水道。这道状同彩虹卧波的汉白玉长桥，实在也是欣赏东湖景致最好的地方。我每次来东湖兜风，必定会在桥头上停下车来，站立桥上，把四周的景色，看它一饱。

现在我又站在这道桥上。由于交通不便，平日这条长堤上的车辆与行人就不多，今天越发是清旷无人了。偶尔过去一辆出租车，速度比起市区来不知又快了多少。毕竟，开出租车的司机心中所想的只是挣钱而已。

欲雨未雨的时辰，欲雪未雪的天气，欲暮未暮的下午四点半钟，我独自一人，站在这孤独的桥上，的确产生了大地苍茫，我复何为的感觉。

灰，是眼前景色的基调。前方是磨山丛丛簇簇的树林，往日的青翠、枝柯，仿佛都化成了千缠万绕的烟缕，把一座金碧辉煌的楚望台，烘托成一座似幻还真的海市蜃楼。桥左的内湖、梨园区的草洲柳岸、听涛区的参差台阁，都被朦朦胧胧的灰，炙出了三分醉意，显出那种百事不关心的瞌睡劲儿。至于桥右的外湖，阴阴昏昏，岸也罢、水也罢，都是那种遥不可测的不落一星尘埃的灰。

若有人问我，宁静的外在形式是什么，我必回答一个"灰"字。红为热烈，绿为雄壮，白为雅洁，而灰所含蕴的则是至深至浓的宁静了。

"漠漠水田飞白鹭"，是江南乍暖还寒时节的渗透了生命律动的灰色；"晚来天欲雪，能饮一杯无"，是那种曾经春花秋月过，而今只想在平淡的灰色中咀嚼一下生命底蕴的人。大凡人们进行哲理性的思考，便离不开这灰色的自然景色。只有置身在自然的灰色中，人们才能获得宁静后的欢愉。一颗疲乏的心，也才能得到真正的调治。这是因为自然的灰色中，蕴含着生气盎然的禅意。

在今年的正月初一，我在这二十三孔桥上，又品尝到了一番灰色的东湖景致，实在是一种难得的福气。我认为，自然、风景、文化、宗教与亲情，一起构成了支持我们生命的内在系统。现代生活的种种表现，并不是在完善而是在破坏这个系统，导致许许多多的人，一天到晚躁若猕猴，迷不知终其所止。我不能说这是他们在自寻烦恼，因为大多数人的奔波劳碌是身不由己的。但也不可否认，这世间仍有一些人，唯恐名利的枷锁套得不牢。为了那所谓的"功成名就"，而让自己生命的弦始终绷得紧紧的，哪怕是春节也不放松。这真是莫大悲哀。听说近年来每年的春节，许多日本游人渡过沧海，跑到苏州城外的寒山寺，为的是能够听到除夕夜新旧交替的钟声。这样的日本人，绝不是一般的旅游者，他们是过惯了灯红酒绿的现代生活，一颗心被折磨得疲惫不堪。他们想通过寒山寺的悠悠钟声，来洗涤自己的忧愁。他们或许还有一个期望，就是透过寺院的暮鼓晨钟，来找到隐藏在风雪深处的精神的故乡。

1997 年 2 月 8 日（正月初二）

鹿回头看海

极目处，海的颜色苍碧。

白水宜玉，黑水宜砥，青水宜碧，赤水宜丹，黄水宜金，清水宜龟。《淮南子·地形训》中，把水分为这样的六品。眼前的海，该是宜碧的青水了：是涵养蛤蟹珠蚌的青水，是遨游巨鲸大鲲的青水；是口哨吹出鸥盟而不见青鸟探看的青水，是转向的贸易风搅破海市蜃楼的青水。我的眼青了，仿佛滤净雾气的海。我的病躯，对着浩荡无垠的这一片青，也变成一枝翠绿的棕榈。在岸边，在正午炽烈的阳光下，在这一座名叫鹿回头的山上。

我本该早晨来看海的。在这山上，看桔色朝霞投到海上，是怎样的一种陶醉。那时的海当然不像湖水醒来时的宁静。充满激情的早潮怒拍岸碛，用摇动乾坤的大气魄来迎接一丸红日的杲升。太阳是伟大的，在海中它却显得渺小。海以沧沧之浪濯其天旅中的尘灰，使之发散的朝气有如混沌未开的一霎，其精，其神，既可养天下之淳，亦可拓人世之朴。

若是黄昏来看海，也自有妙处。随着阳光的冷却，水汽渐濛。海天晨分夕合。分而蓝，合而灰。三三两两归来的渔船，如蚕、如蚓，蠕动在宇宙的大胸襟上，逗人以旷远的遐思。更有海边拾贝的少女，渐入凝眸，百褶裙吻着汐水，笑声在波浪上飘远，她也变成一枚大自然的彩贝了。

而我是中午登上鹿回头的。这时间的海过于肃穆。茑萝不动，纤尘不飞。我面对着这一片千里万里的大宁静，作诗人状，继而作哲人状。作诗人状，舞之蹈之；作哲人状，惑莫大焉。

临海岸曲，山脉逶迤。鹿回头是最高的一座峰。来此旅游的人近年渐多，鹿回头上因此建了一个观海亭。以春夏秋冬四季不变的暖风，接纳东西南北一拨一拨游人。亭子后的峰头上，还有一尊晒得发烫的雕塑。一只回首河山的梅花鹿旁，倚着一双儿女。男是英姿猎手，女是红粉佳人。这尊雕塑是根据一个千古流传的故事创作的：一位年轻猎人追逐一只梅花鹿到这海边。森林里的精灵当不了蹈海英雄，于是变成一个袅袅婷婷的少女，回身来与猎手结为夫妇。

中国的名山大川无不活在美丽的传说里。山水因传说而生魂魄。就像我脚下的这座山，同样是泥，是石，是大海推到沙岸的青螺。可是就因为摊上一个鹿回头的传说，它便成了中国最南方的胜景。

胜景不虚，果然是个极好的看海处。只是这鹿回头的传说，蕴含了我们这五千年礼仪之邦的情结，美丽得几近于残酷。

兽类中，鹿是善良的。苏东坡"侣鱼虾而友麋鹿"，是躲避尘世烦扰的最佳选择。在人们心中，鹿又是吉祥的。百姓人家的窗花或婚床上的彩绘，都少不了鹿的形象。而在风雷激荡的中国历史中，鹿又是政权的象征。"中原方逐鹿，投笔事戎轩"，唐代宰相魏徵的诗句，乃是累代经邦济世之才的豪唱。自青铜时代以来，鹿，成了九五至尊的宠豢。乱世中的鹿，凄惶在寒光闪闪的戈矛剑戟中；治世中的鹿，便只能和寂寞的宫花相对，挨度一日如百年的幽禁生涯。皇帝辟有鹿苑，使鹿变成笼中鸟，鹿呀鹿，你纵然肥了脂膏，瘦损的，却是你自由撒欢儿的风蹄。

鹿回头的传说，产生在这么一种文化背景下。剥开粉饰的纱幕，我们看到这不是天造地设的爱情，而是忧伤的屈从。猎手凭着武力掳取了她，让她满足他的欲望，为他繁衍孔武有力的后代，不肯横死荒丘的鹿，以其香鬈雾鬓，换了一长串红粉青肠的岁月。

难道没有别的结局吗？作哲人状的我，再一次抬起头来，询问一碧万顷的大海。

海忽然升高，有一股混沌的大气穿过宁静的衾锦，以气拔五岳之势，砰然撞我而来。在这石破天惊的撞击中，我感到我的肉体顿时化雾，而我的灵魂，却凝成了一粒珍珠。海要收走这粒珍珠，用咸水蕴养它的质地，用风暴打磨它的光泽。我任其席卷而去，去追随跳波的千年老鱼，去幸会鼻息九川的蛟龙，去十方之域外，释放我胸中蓄之既久的激情！

迷怔有时，又一拨上山人的车声把我惊醒。回头看看那只蹲踞的鹿，我想，被猎手追赶到此，一眺大海时，难道没有我刚才的那种感觉吗？它如果纵身一跃，扑向大海，海肯定会以宽广的胸怀等待它，以深挚的柔情托举它，让它开始崭新的漫游。让它看看海外有山，山外有海。山山海海，风光无限。这是何等的壮举啊！是博大无极的逍遥游。

但细而一想，在传说产生的年代里，不会有如此瑰丽的结局。"苦海无边，回头是岸"，漫长的历史时间里，人们对海是如此畏惧。海是自由的象征，开放的风范。人们却以它为苦、为灾、为困厄、为坎坷，这等刻板训诫，移植到生活中，便有了鹿回头的悲剧。

青水宜碧，我以为是六品水中的上品，缥碧的是山泉，澄碧的是河水，苍碧的水便是眼前的大海了。这样的水，是生生不息的激情的元素。它具有化腐朽为神奇的伟力，容纳一切生命。

走下鹿回头山，我的心中响起海啸声。回首山顶的雕塑，我想，如果我是那只鹿，我将跃出那个倒霉的传说，舒啸一声，扑进大海的怀抱……

1988 年 5 月 9 日

青山自在红

因商务从武汉驱车去南昌。经九江至南昌的高速公路,至永修路口折下,行约十几公里,路左赫然一牌"云居山风景区由此进",车头由此一拐,取便道上山。

深秋季节,沿途风景不俗。潺潺溪水、小潭,玻璃汁样澄澈。稻垛在田,一派静谧,红叶在山,灿然可爱。上山路盘旋曲折,凸凹不平。颠簸之中,偶见三两个行人,是些农人村妇。顿时,我产生了归家的感觉。

游真如禅寺,是我的计划之一。三年前,我写过一首词,兹将前半阕录如下:

人生苦,佛与我同心,白日梦沉沉。非是红颜弃轩冕,游遍江南访梵林。深山里,红叶路,稻香村。

今日登山之境,与我词意中境界,庶几近之。这云居山,在名山荟萃的江西,其实并不出名。声闻遐迩的,是云居山中的真如禅寺。

盘旋,还是盘旋,颠簸,还是颠簸。大约20公里,峰回路转,一小小村镇,出现在眼前。从路牌看出,已到了云居山风景区所在地。而真如禅寺素洁的山门,夹峙在郁绿的松、杉之中,那么宁静、虚远,更加强烈地抓住了我的"皈依"的感觉。

一

"赵州关"。

真如禅寺的山门,高悬着这一块横匾。字体古拙,可是,我却感觉到了那没有烟火气的笔画中吐出的耀眼的寒芒。

赵州和尚,是中国古代一位著名的禅师。宋朝赜藏主编的《古尊宿语录》和另一位宋朝的和尚普济编撰的《五灯会元》两书中,都收有赵州和尚的语录和行状。他的怪异的问答与举止,让人体会到至精至纯的禅家智慧。

且录几段:

　　问:"万法归一,一归何所?"师云:"我在青州作一领布衫,重七斤。"

　　师到黄檗,檗见来便闭方丈门。师乃把火于法堂内,叫曰:"救火!救火!"檗开门捉住曰:"道!道!"师曰:"贼过后张弓。"

　　问:"如何是学人自己?"师云:"吃粥了没有?"学人云:"吃粥了。"师云:"洗钵盂去。"

师上堂示众云："金佛不度炉，木佛不度火，泥佛不度水，真佛内里坐，菩提涅槃，真如佛性，尽是贴体衣服。"

不研究禅学的人，读这几段语录，如坠五里雾中，不知所云。禅既非"逻辑"，也不是"非逻辑"。因此，就是研究了禅学，如果不进行"心"的修习，也无法理解禅的奥义。

禅不可诠释，因为它不是存在于我们的经验领域，即"知"的范畴中。禅是不可知的。但禅总跟着我们，如影随形。就像原子、电子那样，我们每天都跟原子、电子打交道，但没有谁看到过它们。我们通常说，真理只能被发现，而不能被创造。禅也是这样，但禅仍不是真理。真理是可知的。"知"与"理"有互联的关系，但禅只能"参"，由"参"而达到"悟"。

由"参"及"悟"，这是"智"的活动。一切宗教产生于苦，对宗教的皈依使人们有了解脱法门。而禅——这产生于中国佛教的特殊的契佛心印，在引导人们断除烦恼的过程中，有其独创的精神活力。唐宋两代，禅曾大兴于中国。明代可见禅的流风余绪。清朝以后，禅已式微。到了近代，禅已绝迹。各处寺庙，虽然照例都冠以某某禅寺，但寺中早已无禅。唐宋两代，自六祖慧能始，高僧大德，风起云涌，禅家领袖，日新月异。在那数百年间，儒、释、道三家通力合作，互相渗透，奠定了中国传统文化的稳固基石。在释家一方，起了决定性推动作用的，应该是禅宗。

在那段时间，中国产生了一批伟大的禅师。通过遗留下的公案，我们仍能窥察到他们博大的智慧。而赵州和尚，则是他们当中比较优秀的代表。他与人应答，看似答非所问，其中却深藏着禅家独特的学问。弟子问他："万法归一，一归何所？"他答以"我在青州做了一件布衫，重七斤"。青衫即袈裟，法衣之谓也。看似赵州没有回答弟子的提问，实际上他已回答过了。一归于佛，或者说一即佛，佛即一。分裂是知性的根本特征，一分为二，一分为三、为四、为五……这种知性是外在的，与佛性是相斥的。佛家讲圆融，这圆融就是一团和气，是不可分的。赵州以袈裟譬佛，暗示了深刻的答案。这是典型的禅家机锋。

如今，这真如禅寺的山门上，高悬"赵州关"的横匾，对于我，不啻一记棒喝。有赵州和尚把关，这寺门是不大好进的。在这有寺无禅的时代，这块匾亦是一个警醒。禅向内修行，而物质时代迫使我们向外搜求，这是一个尖锐的矛盾。在这种时代背景下，"赵州关"的特殊意义也就凸现了出来。由此，我想到了一个人。

二

这个人就是虚云和尚。

去年在武汉宝通寺，买了一本《禅门日诵》，扉页上印有一位老和尚的法相，下面的题款为：

　　　这个痴汉，有甚来由。末法无端，谬欲出头。嗟兹圣脉，一发危秋。己事不顾，端为人忧。向孤峰顶，直钩钓鲤；入大海底，拨火煎沤。不获知音，徒自伤悲。笑破虚空，骂不唧留。噫！问渠为何不放下，苍生苦尽那时休。

我由此知道了虚云和尚以及云居山真如禅寺。后来查阅有关资料，才知道虚云和尚俗姓肖，湖南湘乡人，出身于官家。虽从小就过着锦衣玉食的生活，但他并不留恋温柔富贵之乡。19岁时，私自跑到福州鼓山涌泉寺披剃出家。这虚云和尚一心向佛，矢志苦修。出家第二年，即成为禅门临济宗的第43代传人。虚云一生遍游各地名山古刹，先后在浙江天台山、普陀山、天童寺、阿育王寺、杭州三天竺，常州天宁寺、扬州高旻寺，从佛门老宿研习经教，参究禅理。尔后又参访陕西终南山、四川峨眉山、拉萨三大寺，经由西藏至印度、斯里兰卡、缅甸等国。朝礼各国的佛迹，饱览各国的佛藏，这是一个当代的玄奘。但他的任务不是取经，而是想在古老的佛教中，开拓出拯救现世的崭新的禅学精神。各国的佛俗，各个宗派的佛理都不相同。虚云这个苦行僧，虽然阅历八方，增长了不少见识，但对于那最根本处——即如何洞开"心"眼，却依然感到无处行脚。尔后，他由缅甸回国，朝拜云南鸡足山，经贵州、湖南、湖北，朝拜安徽九华山，再到扬州高旻寺参与禅七法会。在禅七中，虚云因开水溅手，茶杯坠地，一声破碎，顿时使他悟透禅关。"众里寻他千百度，蓦然回首，那人却在，灯火阑珊处。"

从此，虚云不再是一个无枝可栖的候鸟了。他走进了赵州把守的禅关，以重振禅宗为己任，先后主持鸡足山钵盂庵、昆明云栖寺，曹溪禅宗六祖道场南华寺、乳源云门寺。上述古寺，由于他的主持，都一度中兴。1954年，虚云自山西大同云冈石窟至江西庐山大林寺养病。云居山有几位居士到大林寺参礼虚云法师，谈及云居山的情况，叹惜殿堂毁于二战时侵华日军炮火，明代铜铸毗卢佛埋没于荒烟蔓草。虚云听罢，恻然神伤。此时他已是116岁的垂垂老人，不顾体弱多病，世道危艰，仍发愿重振云居祖庭。他带着几个弟子来到云居山，搭盖一间茅棚住下来。虚云的影响力很大，听说他要重振云居祖庭，各地僧人纷纷前来依止，不到一年，就来了100多位。这在佛教凋敝的解放初期，实在是一大奇迹。虚云组织这些和尚，垦田开荒，种粮自养，恢复了禅宗五祖开创、在百丈禅师手中发扬的家禅生活。解决了吃饭问题，制订好重建真如禅寺的方案并做了一些物质上的准备，两年后，即1956年，虚云督众修起了大雄宝殿、天王殿和钟鼓楼。又三年，真如禅寺的重建工作完成。一座规模宏大的佛教丛林出现在云居山中。这一年，虚云已是121岁的高龄老人了。他人生最后一个宏愿已经实现，但他似乎没有喜悦，而是怀着悲凉的心情在云居茅棚中圆寂了。我这么说，并不是主观臆测，前面引过的他的自题法相的文字透露了他的思绪。那帧照片是他皈依佛教100周年的纪念。这长长的一个世纪，是中国历史中一个战乱频仍、枭雄竞起、内忧外患连年不断的时代。这就是虚云所说的"末法无端，谬欲出头"。照片所摄的1957年，又正值寺庙亦不能幸免的反右斗争。此时的虚云，岂止是"不获知音，徒自伤悲"呢？

赵州和尚认为参禅的要旨是"放下来"。虚云最后是什么都放下了的，连他的生命以及禅。我认为，虚云的一生，特别是晚年，有很浓郁的悲剧色彩。失手摔碎茶杯，使他开悟。但那时人世给予他的体验，还不能让他更深地理解什么叫"执"，什么叫"妄"。

按通常的说法，我们称僧道一类为边缘人物。透过这些边缘人物，我们更能体会到社会力量的盲目性和破坏性，也更能够理解什么是佛家追崇的不二法门。

我推测，真如禅寺山门上的"赵州关"匾，一定是出自虚云和尚的手中。虚云在他的暮年，特别感到赵州所说的"放下"的重要性。

放下"妄"，放下"执"。否则，你进不了真如禅寺。

三

原以为进了山门就算进了寺门。却不是这样，两门之间，还隔着一片宽广的田畈。

一进山门，站在可以行车的洁净的田间道路上，我立刻被眼前的景色吸引。

一大片平坦的田畈，稻子收过，留在田里的短短的稻茬，泛着星星点点的金黄。一条溪水在田畈中间蜿蜒流过，宛如围绕真如禅寺的一道彩虹。这是一个久旱的秋天，山下的一些小溪已经断流。这条溪水却仍然水流汩汩，无人捕捞的小鱼在卵石间嬉戏。溪岸及田塍潮湿的泥土，覆盖着青苔和一些羊齿植物。虽然早已过了霜降，它们仍是那么葱绿。田畈中三三两两的枫树，孤秀挺拔，火红的树叶在夕阳中散发着燃烧的诗意。准确地说，这田畈应该是山中的一块盆地。它的四周都是林木茂密的青山。

中国古代建筑，无一不讲风水。宗教建筑也不例外。唐末五代道士杜光庭，专门写了一本《洞天福地岳渎名山记》，将全国的道场，分为三十六洞天，七十二福地。这些洞天福地，容纳了道家风水的精华，它们把抽象的阴阳、五行生克的概念具象化，使其房屋、山水、风向、阳光都显得井然有序，并相信这种排列会产生那种趋吉避凶的神秘力量。这方面，佛家尚无专著，但从我到过的寺庙中，还是可以看出建筑师们运用风水的匠心。像湖北当阳玉泉寺、浙江普陀山法雨寺、河南嵩山少林寺、北京香山卧佛寺等，莫不依据风水原理，形成了蕴含深刻的建筑理念。站在这个田畈中间，我感到真如禅寺是真正的风水宝地。它的山门，实际是两条小小山脉中的一个豁口，站在山门外，你以为进去就是庙院，谁知入门并非登堂入室，而是见山见水。寺之四周，山翠环绕，略无阙处。更有寺后的岗峦，次第而上，叠叠增高，烟云缥缈，如在佛境。

关了山门，你什么都看不见。进了山门，竟藏着一方绝妙山水。如此风水，就是一个活脱脱的禅境。

置身在这种禅境中，我忽然觉得历代禅师的灵魂，都化成摇曳的菊花，牵引我的视线，启悟我的心智。佛在这云居山中，并不是以人的形象出现，而是火红的树叶、淡蓝的炊烟和静穆的竹林。这些典雅的风景，显示佛的至爱、至静。

由此，我想起虚云和尚的《山中歌》：

　　　山中行，踏破岭头云，
　　　回光照，大地无寸尘。

山中住，截断生死路，
睁眼看，千圣也不顾。
山中坐，终日只这个，
碎蒲团，没教话儿堕。
山中卧，骑驴骑马过，
主人翁，无梦也烁破。

这老和尚，行住坐卧，皆在山中，他是那样安详和沉默。这位得道的禅师，在云雾中也好，在蒲团上也好，他不思索，更不作任何暗示。大地与心境，皆无寸尘。真如禅寺与他，已经合二为一了。山门内，有山有水，处处鲜活。问题是你必须要走进这座山寺，也就是说要能越过赵州把关的关口，才能进入真如禅寺，或者说，进入虚云和尚的内心。

跨过小溪，快到寺门，路边有一棵高大茂盛的白果古树，树下有一水井，名曰慧泉。我走近细看，只见树下立有一块木牌，牌上写有一偈：

慧泉依在老树旁，
映月春秋天地长。
一轮古镜涵千影，
万载晴光浴太阳。
开眼不从人力凿，
高流岂逐世情忙。

钵盂掷在清霄上，

亦任烟云作布裳。

在这样的时候，这样的景色之中，读这样的一首偈诗，不觉有一股出尘的清气，自我肺腑间生出。面对山泉水清，像我这尘世的浊人来此，免不了扪心一问：你生命的激流，究竟是醒世的慧泉还是污世的浊波？掷在清霄上的，究竟是你的钵盂呢？还是刺人的矢箭？

我想，许多来游真如禅寺的人，肯定会掬一捧慧泉喝下的。我并没有这样做，这并不是我自视清高，有意欺谩芸芸众生，而是觉得我不知道应该自何处来消受这一捧出世的甘洌。

四

我尚在慧泉旁流连时，一位僧人路过，对我说："你若游寺，就快去，过不了一会儿，就要关门了。"

我便又急匆匆地走进真如寺。

四山苍茫，松竹相拥，真如寺是山中唯一的建筑，这更增加了寺的神秘和峻肃之感。进得寺门，首座是天王殿，其后是大雄宝殿。我匆匆转了一圈，感到冷清。一个年轻僧人在回廊前走过，口中唱着经。这情景，你说是置身在唐朝、宋朝、清朝都可以。寺中没有任何一点现代的东西。那些千年不变的庙中陈设，甚至僧人们的神情，都被锁死在某个时间。佛在我们尘世的时空之外，但对于寺庙来说，情况并不是这样。我到过很多寺庙，它们早已现代化了。游览其中，有一种失落感。那些印制粗糙的游览门票和收录机里播放的佛乐梵音，让你感到佛已消亡。我特别希望能看到古风犹存的寺庙。真如禅寺满足了我的这个愿望。但当我在大雄宝殿礼佛时，一个小小的插曲又让我产生了另一种失落感。

当时，清静的大殿内，只有一个僧人值班，我进了香以后，便在香案前的一个蒲团上礼佛。那僧人走过来，指责我："这是大和尚专用的，你怎么能用？"

香案前有三个蒲团，我选择了中间那个大的。我并不知道这是大和尚专用的，僧人的指责顿时使我失去了刚刚滋生的亲切感。佛面前人人平等，难道庙中也有如此森严的等级么？我对那和尚说了一声"对不起"，便走出了大雄宝殿，并对我的不愉快做了检讨。因为，这一念既起，便又滑入了"妄"与"执"，人虽然进了庙，却依然在"赵州关"外。

但是，由此我想到了虚云和尚说的"现代人的根器很钝"这句话。那位僧人从严格执行庙规来看，并没有什么过错。他错就错在，虽然懂得庙规，却不懂得佛。虚云和尚走了，难道佛也离开这里了么？

我相信，这静寂的大寺中一定藏有修行的高人，只是我佛缘尚浅，不得一会。能见到的，只能引发我佛事式微的感叹。

信步廊间，浏览那些楹柱上的对联，又使得我刚刚丧失的亲切感回来了。这些对联深契佛理，又文采斐然，我随手抄下几副：

西归堂：
日轮西去了，知婆娑光阴有限

净土归来时，信极乐寿命无穷

大肚罗汉：

日日携空布袋，少米无钱，只剩得大肚宽肠，不知众檀越信心时用何物供养

年年坐冷山门，接张待李，总见他欢天喜地，请问这头陀得意处有什么来由

天王殿：

尘外不相关几阅桑田几沧海

胸中无所碍满湖明月满云山

未跨门栏漫言休去歇去

已到宝所哪管船来陆来

这些对联，足以提升真如禅寺的分量。我想，这应该也是虚云和尚的作品了。虚云愿力宏大，只是后继乏人。善与恶，都是人类给予自己的。离开人群，我们找不到善，也找不到恶。虚云在人间广种善根，但他最根本的追求，是既不向善，也不向恶的。佛存在于人类正常的价值判断之外。作为 20 世纪最杰出的和尚，我们根本不可能在善与恶的轮回中找到他。也许他本身就是一个幻影。

走出大门，经守门僧的指点，我又去拜望了虚公塔。我不相信虚云长眠在这里，此时，他可能在这深山的某一处，和赵州和尚一起，正在忧心忡忡地研究现代人的根器问题吧。

夜色完全降了下来，下山路上，车灯是唯一的光明。渐渐加重的失落感，促使我吟成了一首歪诗：

久慕云居地，相逢暮色中。
禅枝惊宿鸟，石涧听幽钟。
老树惊心绿，青山自在红。
赵州关已闭，寂寞望虚公。

1996 年 5 月 1 日灯下

中国士大夫的山林之趣

一

上个世纪的 90 年代初，大约有两年多时间，我闭门读书，足不出户。偶尔出游数日，也必定是回老家的深山里，听泉沥沥，听鸟嘤嘤。在世俗中最易受到伤害的诗人，在山林里，却能得到天籁之乐。有一次兴尽之余，得诗一首：

> 风起竹邀花扫石，寒来云为客添衣。
>
> 禅家活得无拘碍，尽日南山一局棋。

如果不是置身山林，怎么能获得这种飘飘欲仙的生活？不才以"禅家"自谓，初始，的确如传统文人，属"不得志而逃于禅者"。尔后，在经历了许多历练之后，真正认识到禅是养心蓄气的"不二法门"，便成为一种自觉了。游历天下佛教名山巨刹，寻觅往昔高僧大德的遗踪，便成为我耽于山林的一种方式。去年，我二游天台山，参拜了 1400 年前陈隋之际的大和尚没智的肉身塔以及寒山遁隐的山林后，回到寓所，微醺之际，又吟出一律：

> 我本江城士大夫，琼台又到总踟蹰。
> 昔年秋暮看红叶，此日春深听鹧鸪。
> 霁月初升钟磬远，樵风暂歇老龙孤。
> 自从遁去寒山子，谁发清歌对碧芜？

不知不觉，我已经以士大夫自居了。在如此现代的社会里，却自称自己是士大夫，是不是有不合时宜的"遗老"做派？但是，在这物欲横流金钱至上的当今之世，我实在找不到一个比士大夫更合适的词语，来概括我当下的生活状态。士大夫用之于当今，很难找到一个对应的词语。若强加解释，应允为知识分子与中产阶层的结合体。属于既有恒产又有恒心的人，他们爱国不奢此头、爱己擅长风月。操守与狂诞齐美，忧患与享乐并重。因此即便是放在世界文明的框架里，中国古代士大夫的精神生活，也必定是像布达拉宫中的夜明珠一样闪射出璀璨的光芒。倚松傲啸，对月烹茶；鸡声野店，细雨骑驴——这种种超然世外的山林生活，谁又能说不是士大夫精神生活的重要内容？

二

耶稣、释迦牟尼、穆罕默德这样伟大的宗教领袖，以及孔子、老子、亚里士多德、柏拉图这样杰出的圣人，差不多都诞生在公元前那二三百年间，这真是一个奇怪的事情。这里面也许包含了某种天机，只是我们人类的智力目前尚不能将它破译。正是这几位横空出世的智者，用他们创立的宗教与思想，给人类的生活指出了方向，一经确定，便很难变更。李白有诗"古来圣贤皆寂寞，惟有饮者留其名"。这是诗人的疯话，切不可当真。对圣贤，我历来充满崇敬。正是因为他们，人类才告别愚昧，社会生活才有了秩序。

几乎从一开始，东西方文化就出现了巨大的差异。对于如何出世，从自然万物中汲取精神生活的养料，东方则是明显优于西方的。治国者，采用西方的那一套，或许在聚敛财富、伸张国力上大有裨益；但若要治心，让一个人平和起来、优雅起来，东方文化则可起到事半功倍的效用。

中国上古的圣贤，把个人的修养看得非常重要。如果说儒家看重的是社稷，那么道家看重的却是生命。外儒内道，几乎成了中国士大夫的精神内涵。这绝不是互相抵牾的两张皮，而是共生互补的对立统一。用儒家建立治国平天下的事功，用道术涵养洞察幽微的心灵。让一个人在进取与退守之间，均能游刃有余。古人有言"达则兼济天下，穷则独善其身"，很明显，前者属于儒家，后者亲于道术。怎样才能做到独善其身呢？索居陋巷，心远地偏，固然是一种选择，但歌哭于山峦之中，优游于林泉之下，则是一种更佳的选择。

中国古代文人的诗作，极写山林之趣的，几乎可以编纂成洋洋数巨册的山林诗史。说到诗，略说一点题外话，把写诗作为一种职业，用来谋生，这是当代的事，或者说是"社会主义的优越性"。古代的诗人们，除了李白这样一个极为特别的例子，几乎没有一个是专职的。诗歌队伍中的佼佼者，既有帝王将相，也有野老优伶。他们写诗从来都不是为挣稿费，即便是写出洛阳纸贵的千古名篇，也只是获得一片啧啧称赞而已。到了唐代，虽然在科举考试中专门设了一个"博学鸿词科"，为擅长写诗的士子开辟了一条出仕为官的途径，事实上看来，这也并非善举。用当今话讲，复合型人才不多。写诗当官都很优秀的，只有王昌龄、白居易、元稹、柳宗元、高适、岑参等不多的几个。更多的诗人，如李白、杜甫、王维、李商隐、杜牧等，诗是再优秀不过的了，但官却当得滞碍。我指的不是官大官小的问题，而是从政的能力以及为官一任的绩效。扯远了，且打住，还是说山林。

第一个用诗歌的形式把山林写得非常美好，让人神往心仪的，是陶渊明。且看这一首：

少无适俗韵，性本爱丘山。

误落尘网中，一去三十年。

羁鸟恋旧林，池鱼思故渊。

开荒南野际，守拙归园田。

方宅十余亩，草屋八九间。

榆柳荫后檐，桃李罗堂前。

暧暧远人村，依依墟里烟。

狗吠深巷中，鸡鸣桑树颠。

户庭无尘杂，虚室有余闲。

久在樊笼里，复得返自然。

这是《归园田居》五首中的第一首，是陶渊明辞去彭泽县令回乡当农民之初写下的。他为我们画出的这一幅"农家乐"，既是风景，也是风情。陶渊明当了13年的官，一直在卑位，直到离开公职，月俸也仅为五斗米。他辞官的理由，冠冕堂皇的话是"不愿为五斗米折腰"，乍一听，还以为陶先生器量狭小，是在和皇上闹意气要待遇，其实这理由站不住脚。陶先生若真是想弄钱，在县令位子上远比做农夫容易，君不闻"三年清知府，十万雪花银"乎？陶先生纵然不贪，就是在日常酬酢中，也能得到不少实惠的。他真正的辞官理由，在上面这首诗中已表露无遗："久在樊笼里，复得返自然。"

把官场比作樊笼，可见陶先生对权门私窦的痛恨。在离职归家的途中，他写下了《归去来兮辞》，说自己在官场是"心为形役"，并表示"悟已往之不谏，知来者之可追"。在未来的日子里，他要追求什么呢？无非是对月饮酒、临流赋诗的山林生活，以及"采菊东篱下，悠然见南山"的那一份旷达与闲情。

<h2 style="text-align:center">三</h2>

中国的士大夫，为什么对山林情有独钟呢？这关系到整个士大夫阶层的生存状态及价值取向。明弘治年间，状元出身的罗伦在翰林院修撰任上，因反对当时的内阁首辅夺情而遭革职，回永丰县家中闲住。事过境迁后，不少人替他打抱不平，交章呈奏皇上，要起复他。而且，的确有诏书到县，要他赴京履新。但这位罗状元偏不领圣恩，作了一首诗：

五柳先生归去来，芰荷衣上露漼漼。

不由天地不由我，无尽烟花无尽杯。

别样家风幽涧竹，一般春意隔墙梅。

老来只怕风涛险，懒下瞿塘滟滪堆。

　　仿效陶渊明归隐山林，穿上三闾大夫屈原所喜爱的芰荷衣，扶犁南亩，拄杖东山。饮酒饮茶在春秋序里，观人观物在竹梅之间。比起在京为官时"午门待漏寒威逼"的窘态，再看今日的"睡觉东窗日已红"的闲适，有琴书自娱而无冠裳之拘，这是多么大的乐趣。年轻时的罗状元，才华横溢雄心万丈，将一种匡扶社稷的钓鳌之志携到京师，很想在官场里干出一番伟业。恃才傲俗，这是中国文人的通病。既然傲俗，自然要对官场的种种龌龊发表意见。如此一来，岂能不忤怒权贵？于是，烟云缥缈的谪官之路上，一代一代，一程一程，走过了多少箫剑相随的才子？罗状元便是其中一个。陶渊明把官场比作"樊笼"，罗伦更是把官场比作长江瞿塘峡中的滟滪堆。这滟滪堆，在上世纪50年代被炸掉，如今三峡大坝建成，它更是成了一汪清水。可是，在此之前，所有长江上的船夫，都将滟滪堆视为鬼门关。这江心的几堆乱石，吞噬了多少过往的船旅。从某种意义说，滟滪堆是死亡的信号。罗伦把官场比作滟滪堆，这不能说是一个文人的变态心理，而是一个遭受挫折的官员的豁然醒悟。热衷于事功者，会认为这是逃避现实而施与冷眼，甚或讥为庸人。对此类消语，另一位谪官，比罗伦稍后的江西吉水县的罗念庵，归田后屡召不赴，也写了一首诗：

独坐空庭一事无，秋风春雨自团蒲。

而今始解闲非偶，到得能闲几丈夫。

　　一般的中国人，眼中的大丈夫莫不都是顶天立地的伟岸男子，是"孤臣白发三千丈"，或者是"把吴钩看了，栏杆拍遍，无人会，登临意"。但这位罗念庵，却认为大丈夫须得具备赋闲的胆识。坐在团蒲上享受春风秋雨，作为常人，是不难做到的事情，但作为经纶满腹的智者，的确需要道德上的勇气。不思钟鸣鼎食，也不当龙袖骄民，这要拒绝多少诱惑啊！

　　官场上的失意者，大都选择山林以颐养天年，这似乎已成规律。其实，即便是显官，又何尝不把终老林下作为上善的选择。战国时的范蠡，辞去越国丞相之职，带着绝代佳人西施泛舟五湖，这是多么美丽的结局。我总觉得，李商隐的千古名句"永忆江湖归白发，欲回天地入扁舟"是因范蠡的启示而吟出。兹后，急流勇退的显官多得不胜枚举。还有一种为官者，既不显也不贬，只是觉得自己的学识与性格不合在官场久待，索性也就寄情山水。唐代大诗人王维，便属于这一类，他有一首《酬张少府》的五律，单道这事：

晚年惟好静，万事不关心。

自顾无长策，空知返旧林。

松风吹解带，山月照弹琴。

君问穷通理，渔歌入浦深。

王维返回山林的理由，是因为他心中无治国驭民之长策。这也许是一句真话，唐史上虽然有他的列传，却并不记载他的政绩。尽管有这些佐证，我仍然觉得王维的话有"遁词"之嫌。他的问题不是没有长策，而是所有的心思都不在当官上头。古人有言："志于道德者，功名不足以累其心；志于功名者，富贵不足以累其心。"可见，中国士大夫有蔑视富贵的传统。一味追求富贵，会遭到清流们的白眼。但是，追求功名，却是一般读书人的热衷。如果把读书人分为三类，则可以说是下等求富贵，中等求功名，上等求道德。普天之下的士子，以下等与中等居多，求道德者，则凤毛麟角。"君问穷通理，渔歌入浦深"，这已是求道德的表现了。在何种样境界中来思考道德的真谛呢？"松风吹解带，山月照弹琴"，寥寥十个字，为我们勾画出宁静到极致、闲适到极致的山林之美。

四

如上所言，也许会给人一种错觉，所有为官者都喜欢山林。其实不是这样。唐人诗："相逢尽道休官去，林下何曾见一人？"这巨大的反讽道出一个现实，为官之人虽然都道山林好，但真正愿意离开官场的人却是少之又少。

中国古代的官员，其主体都是读书人。中国古代的士大夫，其主体也是读书人。读书人作为人类文明建设的支柱，似应视为一个整体。但若究其人品操守与价值取向，分歧却是无法弥合的。岳飞与秦桧，这种势同水火的极端例子，在历史中并非个案。每遇人妖颠倒、指鹿为马的年代，士大夫作为社会良心的体现，都会站出来主持正义，维护道德。明晚期东林党人的出现，便足以说明问题。权力滋生腐败，权力更滋生丑恶，何况是不受监督与无法制约的权力。所以，在皇权统治下的士大夫，一方面有忠君报国的思想；另一方面，为了洁身自好，他们只能退隐山林。孔子言"仁者乐山，智者乐水"，真不愧为圣人言。但这句话却是不能演绎的，既然宽厚仁慈与充满智慧的人乐山乐水，那么乐于官场的人又算哪回事呢？这只能说，士大夫即便为官，不能过醉月餐霞的山林生活，心中也必定要存山林的旨趣。胸中有丘壑，坐地成神仙。可悲的是，太多的为官之人，胸中全都被眼前的利益填满，哪里还会有丘壑呢？

中国文人喜欢讲一句话："居庙堂之高则忧其民；处江湖之远则忧其君。"应该说，这是一种可贵的品格，所谓忧患意识是也。身在权力之中，常告诫自己要权力为民所用；身在江湖里，则担心统驭万民的帝王决策不慎而招民怨。有这种想法的人，属于"慨然以天下为己任"者。治国事者，应重仁轻术。过于苛严，也许能提升国力，但终究还是会国运衰败。怎样才能做到仁呢？方法只有一个，就是"法自然"。生长万物的大地是最宽厚无私的。《易经》讲大地"厚德载物"，这厚德即是仁。所以说，中国士大夫向往山林，是在精神上追求"仁"的表现，是一种崇高的价值取向。

庙堂与江湖，城市与山林，这都是截然不同的两种生活场景，反映到具体的某一个人，亦是两种截然相反的生活状态。有志于事功者，无不想在宏大的权力庙堂里觅到一个位置。另一部分士大夫，则躲避庙堂与城市而置身杂树交花的山林。这些人又可分为两种：一种是在庙堂中吃到了苦头而豁然醒悟的，前面提到的陶渊明、罗伦等当属此类；另一种是天生的厌世派，如庄子，隐居山林便成了他们逃避红尘的最佳选择。后者，常被人视为隐士。在中国的士大夫中，隐士是大家尊崇的对象。最著名的隐士，除了庄子，莫过于僦居柴桑的陶渊明和住在富春江钓台上的严子陵了。历代诗文中，极赞山林之美的，多不胜数。但也有个别的例外，如传为西汉淮南王刘安门客的淮南小山，就写过一篇《招隐士》的小赋，把山林描画成"虎豹斗兮熊罴咆，禽兽骇兮亡其曹"的恐怖地狱，乃至发出了"王孙兮归来，山中兮不可以久留"的呼号。由此可见，作者不是那种深自谦抑的道德修养者，他愿意步入庙堂，在那里，寻求与君王风云际会的机遇。与《招隐士》迥然相异的，另有一篇《北山移文》，收在《古文观止》中，这里不再赘述。

庙堂与事功，山林与道德，允为形式与内容的统一。一个人，可以先庙堂而后山林，也可以先山林而后庙堂。既可以身在庙堂而心在山林，也可以身在山林而心在庙堂。每个人的境遇与学养不同，追求也就不同。孰优孰劣，因事而论。当今之世，士大夫作为一个阶层，已不复存在，但热爱山林的读书人，却仍不在少数。现代生活，决定了他们对山林只能是向往或者短暂的亲近，长久隐居在那里，已成为不可能的事。结束本文时，我忍不住还要引用王维的《竹里馆》一诗：

独坐幽篁里，弹琴复长啸。
深林人不知，明月来相照。

王维这首诗，写自他的辋川别业。这辋川，离当时的都城长安不远。长安即是今日的西安。我到西安数次，却是无法找到这个比之陶渊明的桃花源更令人神往的地方。不是没有辋川这个地名，而是光秃秃的黄土地上，再没有可供诗人流连的茂林修竹。辋川竟只能存活在唐代的诗歌里，对于我们后来者，这简直是一种虐待。

2003 年 11 月 1 日至 5 日于上海至武汉

佛门中的隐士

一

今年的暮春，我和几个朋友从杭州出发，专程游了一趟天台山。

位于浙东的这一座名山，其出名的原因乃在于佛教。梁朝时，有一个名叫智颉的人，深厌家狱，于是出了家。这智颉出身于望族，父亲做过梁朝益阳侯。智颉出家投身到当时名满江南的大和尚慧思门下，学习心观。这智颉是绝顶聪明的人，他继承师父衣钵学问，很快建立了自己的威信。加之他原来的社会地位就很高，自梁朝到陈朝到隋朝，江南士族以及朝中大臣，都争相与他交往，他们中的很多人都成了他的学徒。在陈朝时，智颉就住进了天台山，创立了佛教的天台宗。陈宣帝割始丰县的租税给智颉养徒。隋灭陈，隋文帝又下诏问候。晋王杨广称智颉为师，尊他为"智者大师"。政治上的显赫声势，使智颉成了历史上有名的富贵和尚，也使天台宗的发展得到有力的保障。

天台宗以调和尖锐对立的各派为宗旨，提倡止观，观即是慧，定慧双修，可以见佛性，入涅槃。修习止观的方法，实际上就是气功的一种。天台宗所依据的佛门经典，主要是《法华经》。

天台山的出名，主要是因为智颛的缘故，这是不用争论的。一进天台山，我即拜谒了智者大师的厝骨塔。它静卧在绿树葱茏的半坡上，享受着永久的冲和与宁静。我甚至幻觉到厝骨塔的纪念碑变成了智者大师本人，结跏趺坐在那间木质的亭子里，往外散发着那种幽玄的绵绵无尽的佛的旨趣。

尽管我尊敬智颛，但是，我必须坦白地说，我此行天台山的目的，是造访另一个人的遗踪。这个人往来于天地之间，自认为悟到了自身最真实的存在。他便是唐代有名的诗僧寒山。

二

> 寒山有裸虫，身白而头黑。
> 手把两卷书，一道将一德。
> 住不安釜灶，行不赍衣裓。
> 常持智慧剑，拟破烦恼贼。

读到这首诗，等于读到了寒山自画像。他称自己为"裸虫"，我看是再贴切不过了。

在中国佛教史上，寒山是一个特殊的人物。人们一般把他和拾得并提。这两人都获得了"诗僧"的称号。天台山国清寺和苏州的寒山寺，都设有专门的寒拾殿供奉香火。

关于寒山的生平记载，历史典籍中少之又少。稍稍全面一点且可信的，是唐晚期担任过台州刺史的闾丘胤的撰述。在他的《天台三圣诗集序并赞》一文中，让我们对寒山有一个大致的了解。寒山隐居在天台山的寒山岩，自号寒山子。他常常戴着一顶桦树皮制成的帽子，脚上趿着一双木屐，穿着一件不能遮体的破布衫，给人的印象疯疯癫癫。他偶尔来国清寺，寺中的伙夫拾得，是他的朋友。拾得常把一些残饭菜渣收贮在一只竹筒内，寒山一来，取了这只竹筒就回到深山。他每次来国清寺，总在长廊徐行，叫唤快活，独言独笑。庙里的僧人打架闹事，他站在一旁鼓掌，呵呵大笑。

闾丘胤上任之初，慕名到国清寺中造访，在寺中厨房见到了寒山与拾得。这位刺史大人，躬身礼拜，惹得寒山与拾得一场疯笑，扬长而去。寺中的僧众，一向不把寒山与拾得放在眼里，认为这是傻子两个，疯人一双。见新任的州官对其礼拜，莫不感到惊讶。大概就因为这一礼拜，僧众们才开始对寒山、拾得另眼相看了。也就是因为这一礼拜，不但寒山，就连拾得也不肯住寺了。闾丘胤命令国清寺僧众带着他制赠的净衣与香药，上山去找寒山与拾得，希望他们结束岩穴生活，住到国清寺接受他的供养。僧众分头上山寻找，一拨人在寒岩找到了寒山。寒山看到人来，大声叫道："贼！贼！"跑进岩穴中不出来。从此，人们再也找不到寒山与拾得的踪影。

闾丘胤见供养无望，便命令僧众在寒山活动过的地方寻访寒山的诗作。于是，在竹木石壁间，在村野人家的厅壁，找到了寒山的300多首诗作。闾丘胤编成一集《寒山诗》，留传至今。《全唐诗》收有寒山诗一卷，也是采自闾丘胤的辑录。

三

细读寒山的诗集，从诗中寻访他的生命的轨迹，我们不难看出，寒山是中国式的隐士与佛门行脚僧的结合体。

举他的几首诗为例：

忆昔遇逢处，人间逐胜游。

乐山登万仞，爱水泛千舟。

送客琵琶谷，携琴鹦鹉洲。

焉知松树下，抱膝冷飕飕。

闲自访高僧，烟山万万层。

师亲指归路，月挂一轮灯。

眼前不识是何秋，一笑黄花百不忧。

坐到忘形人境寂，风吹桐叶响床头。

高高峰顶上，四顾极无边。

独坐无人知，孤月照寒泉。

泉中且无月，月自在青天。

吟此一曲歌，歌终不是禅。

从寒山诗中透露的一些信息得知，他不像智颛那样出身名门望族，能凭借强大的政治势力来实现自己的佛教理想，他是一个农家子弟，陕西咸阳人，大致生活在公元734年至871年之间。从小读书，多次应举不第。于仕途无望之后，便四处漫游。大约30岁出头，跑到天台山中隐居，过着栖岩食果的近似于野人的生活。

他三十而立的年龄，也正是"安史之乱"，唐代由盛转衰的转折点。以京畿为中心的北方多年战乱，引起人口的大规模流动。江淮、闽浙、岭南、四川相继成为流民的世外桃源。这一时期，也正是禅宗在中国兴盛，六祖慧能的"南宗禅"大兴于天下的时候。由于流民的加入，南方禅众骤增，佛教的中心也随之南移。寒山迁隐天台山，正是在这样一种背景下。

寒山虽是佛教中人，但他并未真正剃度出家。所以，沙门中人并不给他冠以"大师"或"禅师"的名号，而称之为寒山大士。

说寒山是隐士，是因为他不但栖于岩穴，且连姓名也隐去了；说他是行脚僧，是因为他一衣一钵，完全摆脱了物质生活的追求，往来于深山绝壑，于自然中体味佛家的真谛。

唐朝初期，是游侠的时代。在江南的雨夜或者塞外的风沙中，常常看到那些仗剑走天涯的壮士。而进入唐代中期，在中国疆域辽阔的土地上，游侠渐渐少了，而行脚僧却大行其道。在佛教中，行脚的意义乃在于弘扬佛法，参投名师，契悟心印。禅宗的重要文献《传灯录》实际上就是关于行脚僧的记述。

伟大的禅师赵州80岁时仍在行脚，这位老人头戴斗笠，脚踏草鞋，几乎走遍了江南及中原地区所有重要的寺院。据《五灯会元》记载，他曾游历天台山，在崎岖的山路上碰到了寒山。寒山指着路上牛的脚印问赵州："上座还认得牛么？"赵州说："不认识。"寒山指着牛的脚印说："此是五百罗汉游山。"赵州问："既是五百罗汉游山，为什么却成了牛？"寒山说："苍天，苍天！"赵州呵呵大笑。寒山问："笑什么？"赵州说："苍天，苍天！"寒山说："这厮竟然有大人之作。"

佛教典籍中记载寒山的比较可信的佛事活动，仅此一例。赵州从谂和尚，是禅宗六祖慧能的五世门生，唐代中晚期最优秀的禅师之一。他一生创下的禅门公案最多。禅文献中说他"师之玄言，布于天下。时谓赵州门风，皆悚然信伏"。他在佛门中的地位和影响，在当时都要高出寒山许多。尽管如此，寒山对他一点也不敬畏，反而要和他斗一斗禅家的机锋。从这一点看，寒山已经舍弃了隐士的风范而进入行脚僧的行列了。

在天台山的石梁瀑布之下，有一座古方广寺。寺中根据上述那一则公案雕了五百尊游山的罗汉。我徘徊其中，想象当年在路上相逢的寒山和赵州，那时的天台山，没有现在这么多的游人。林间的道路也没有今天这么平坦。但是，参天的古树肯定比今天茂密。摇曳多姿的山花以及悠悠忽忽的鸟鸣也远比今天丰富和清纯。在这样一种如诗如画的背景下，戴着竹篾斗笠的赵州和戴着桦树皮帽子的寒山相遇了。他们既不喜悦，也不惊奇，当然更谈不上激动和感叹。他们只是彼此用"心"来照耀。其中可能会有一些温馨。于是，上面引述的那一段对话便产生了。

对话中，赵州毕竟激动得呵呵大笑，寒山毕竟感叹对方"智慧剑"的锋利。这一对行脚僧，走遍千山万水，造访了一座又一座寺庙，拜谒了一个又一个心灵。"躯体"的行脚，其实质的意义在于"心"的行脚，那一日的天台山，无疑成了他们两人精神的峰巅。寒山大呼"苍天，苍天！"是因为天上有一轮月，他在诗中多次指喻明月是指点迷途的"心灯"。赵州大呼"苍天，苍天！"是他洞晓寒山的心旨，通过这一声呐喊，让彼此已经融合的精神得到淋漓尽致的发挥。罗汉与牛，这本是毫无关涉的两件事，在他们眼中，其"行脚"的意义是一致的，都处在生命的原始状态之中，都有着无"心"可用的闲情。生命之难得，就在于这个"闲"字。

相逢相别，对于寒山与赵州来说，都是极其自然的事。除了这段对话之外，他们相逢时还有一些什么活动，已经无从知晓了。对于寒山，应该说与赵州的相逢是一件重要的事，但喜欢写诗的他却没有为此写一首诗。这只能说明寒山不是正统意义上的诗人。诗之于他，犹如棒喝之于赵州，是参禅消妄的手段。生离死别、伤春悲秋这些最能引发诗人情愫的事物，已不能干扰寒山已经过惯了的那种超自我的生活。

四

但寒山毕竟属于那种"不得志而逃于禅"的落魄书生。尽管隐居天台山并皈依佛，对隐居前俗世生活的回忆仍不免激起他感情的涟漪。

回忆家中的田园生活，他写道：

> 茅栋野人居，门前车马疏。

> 林幽偏聚鸟，溪阔本藏鱼。
>
> 山果携儿摘，皋田共妇锄。
>
> 家中何所有，唯有一床书。

一个耕读自娱的乡村知识分子，过着与世无争的生活。若不是"安史之乱"，我怀疑寒山是否舍得出家。

虽然绝意仕途，寒山身处幽岩，有时仍不免系国于心：

> 国以人为本，犹如树因地。
>
> 地厚树扶疏，地薄树憔悴。
>
> 不得露其根，枝枯子先坠。
>
> 决陂以取鱼，是取一期利。

中国传统士人的忧患意识，并没有在他心中消磨殆尽。对于一个红尘中人，抛开利禄功名，最折磨人的，莫过于国事和家事。寒山虽然采取了决绝的态度，但仍不免有梦魂牵绕的时候：

> 昨夜梦还乡，见妇机中织。
>
> 驻梭如有思，擎梭似无力。
>
> 呼之回面视，况复不相识。
>
> 应是别多年，鬓毛非旧色。

梦中还乡探视妻子，苦挨度日的妻子已经不认识他了。这种凄凉真是难与人言。除了国家的频年战乱而导致仕途无望，兄弟与妻子的不容，也是寒山出家的原因：

> 少小带经钼，本将兄共居。
> 缘遭他辈责，剩被自妻疏。
> 抛绝红尘境，常游好阅书。
> 谁能借斗水，活取辙中鱼。

　　这首诗可视作是寒山对世俗生活的抗诉。家庭是避难的港湾，亲情是归乡的小路。然而，兄弟反目，妻子不容，让寒山真正尝到了国破家亡的苦楚。哀莫大于心死，在三十而立的年龄，寒山的生命历程产生了逆转。

　　关于30岁之前的生活，寒山在另一首诗中有所表述：

> 出生三十年，当游千万里。
> 行江青草合，入塞红尘起。
> 炼药空求仙，读书兼咏史。
> 今日归寒山，枕流兼洗耳。

　　看得出，年轻的寒山有着强烈的游侠习气，并且像李白那样迷于道教。求仙炼药，壮游万里。这样的举动，必然是抛家不顾，不但不能养家，还得家中供应他的川资。这就导致他的亲情疏远，最终不得不弃家出走。

一般的人，内心往往是不坚定的，尽管社会生活一再折磨他，他仍然不能舍弃，甚至逆来顺受。这些人，没有自己的世界，自我、尊严、人格、天真与自由，对于他们来说，变成了遥远而又陌生的概念。心灵任人宰割，最终导致自欺欺人，把屈辱当作幸福，不求性灵，只求苟安。

失去自我的生活是悲哀的，但仅仅知道自我的位置也是不够的。英国著名的哲学家罗素说人与生俱来就有三大敌人：自然、他人与自我。我认为，这三大敌人中最难战胜的便是"自我"。明代王阳明说过"破山中贼易，破心中贼难"，也是同一个道理。古人说"自作孽，不可活"，更是一针见血地指出了问题的根本。芸芸众生，每一个人都有一个"心贼"，它如影随形陪侍着你，偷走你的善良和天真，让你成为欲望的奴隶，而渐渐忘却自己存在的理由。一个人既成了迷途不返的浪子，那他就再也不可能在名利之外，找到另一种超越自我的生活空间。

五

30岁的寒山，最终战胜了自我，在葱郁嵯峨的天台山中，拓展出一片超自我的生活空间。从功利观点来看，寒山的行为并不足取，他主动放弃了本该由他承担的养老婆与孩子的责任，他甚至不愿意自食其力，而甘愿沦落为一个靠乞讨为生的"裸虫"。对于功能性的社会生活而言，这只"裸虫"毫无意义。我们的社会希望每一个人都能承担属于他的责任，反之，则要遭到公众舆论的唾弃。

但是，寒山虽然放弃了一家之主和忧患书生的责任，但他却承担了破除"心贼"的责任。比之前者，我认为这一责任更为重要。

　　当我在天台山中信步漫游的时候，我的眼前常常掠过寒山的身影。在琤琤琮琮的流泉中，他像老牛一样啜饮；在阒无人迹的深林，他像猿猴一样攀越树枝采摘野果；在清辉朗照的月夜，他卧于荒草，像一条冬眠的蛇；偶尔，他虎豹一般披发长啸，或者，他步入荒村，乘兴把自己的新作，书上农户人家的板壁。

　　想象不是历史，但缺乏想象的历史，也不能给后人留下指导的意义。寒山的生活空间是有限的，而他的想象空间却是无限的。30岁后，他生命存在的唯一理由就是手持一柄"智慧剑"，破除心中的"烦恼贼"。从趋名逐利的士子生涯解脱出来，成为一名与"自我"搏斗的禅师。这种角色的转换，是寒山的觉醒。

　　彻悟了的寒山，终于卸去了"人生"的负担，在天台山的幽岩绝壑中，尽情享受着生的乐趣。风霜雨雪，春夏秋冬，一切自然界的现象，都成了滋养他心灵的维他命。一个人如果真能做到"无所用心"，那他就进入了佛指示的涅槃之境。

　　在常人看来，寒山是在作践自己。他可以抛家别室，但至少应该住进寺院，当一个循规蹈矩的出家人。他独居悬岩，既摒弃了世俗生活，又不受寺院生活的羁绊。这种非凡非圣、非僧非俗的生活，很难为旁人接受。难怪当时天台山中的人，包括国清寺的和尚，都认为寒山是一个"疯癫汉"。

　　对于世人的误解，寒山并不介意。他反而对世人的执迷不悟感到惋惜。他写过一首诗：

时人见寒山，各谓是风癫。

貌不起人目，身唯布裘缠。

我语他不会，他语我不言。

为报往来者，可来向寒山。

寒山的生存方式，无论对于世俗还是僧众，都是一种叛逆。在世人能够理解的僧俗两种生活之外，他开创了第三种生活，像僧又不像僧，像俗又不像俗。寒山也自嘲这种生存方式为"裸虫"。我们知道，从古至今，智慧超群者，在他们生前，都会受到不同程度的误解。这是因为人们都生活在某种约定俗成的规律中。读书人走入仕途，出家人住进寺院供佛念经，这就是生活的归纳，最终形成规律而让一代又一代人遵循。寒山偏偏不遵循这些规律，所以，世人称他为"疯癫汉"便是情理中的事了。

寒山总是试图与人们沟通，让别人理解他的生存方式，是断除烦恼的最好方法。但是，看来他的努力是徒劳的：

多少天台人，不识寒山子。

莫知真意度，唤作闲言语。

寒山一直生活在深深的误解之中。僧俗两众，都不能理解他的"真意度"。不被人理解是一种痛苦，虽圣人亦在所难免。孔子"惶惶如丧家之犬"去游说各国，希望那些国君能接纳他的"仁"与

"礼"，但最终也只能发出"吾不复梦见周公"的哀叹。寒山也想通过自己的生存方式让世人明白怎样才能断除"烦恼"，但得到的回报是讥讽与鄙夷。寒山明白，这种隔阂的产生在于心灵的无法沟通。他写道：

> 人问寒山道，寒山路不通。
> 夏天冰未释，日出雾朦胧。
> 似我何由届，与君心不同。
> 君心若似我，还得到其中。

他明白地告诉世人，他与他们的差异在于"心"，他是一颗"自然心""佛心"，因此他处在生命的本来状态。而世人的心是"烦恼心""名利心"，因而成了虚妄世界的浪子。为了让世人理解什么是"心"，他打了一个生动的比喻：

> 众星罗列夜明深，岩点孤灯月未沉。
> 圆满光华不磨莹，挂在青天是我心。

心如青天的明月。阴晴圆缺，是月在不同情况下的不同表象。雨夜没有月光但月仍在青天，月如蛾眉但光芒不减。外界的影响只是虚妄，明月永远是不腐不败的光辉。这一首语言平易却意味深长的禅诗，今天读来，仍能引起我们出尘拔俗的遐想。

诗境通禅境，但诗境非人境。生活在诗境与禅境中的寒山，从自己的"心"中看到了生命的真谛，但心灯不能照人。别人若想理解寒山的生活，首先他必须找到自己的"心"，这比追名逐利更为艰难。因此，世人无法走近寒山。闾丘胤是上流社会中第一个尊重寒山的人。但是，他仍只是用世俗的观点来对待寒山。他认为寒山栖隐岩穴是因为无人供养，于是让人带着制好的衣服和香药上山去寻找寒山，让他住进国清寺接受供养。寒山觉得他再次被人误解。他早就抛弃了世俗的苦乐观，偏偏世人仍以这种苦乐观来衡量他的生活。用佛家的观点看，众生的执迷不悟，其因在"心贼"。因此，当闾丘胤派来的人找到寒山时，他便大声疾呼："贼！贼！"

我不知道寻找的人是否理解寒山的呼喊。"贼"，是他留给世间的最后一个字。

六

毋庸讳言，世俗生活是人类的主流生活。看过木偶戏的人都知道，木偶的一举一动，都受到线的控制。我们社会中的每一个人，说到底都是一只只木偶。权力、金钱、地位、爱情等一条又一条线，牵引着这一只只木偶。他们在舞台上扮演的角色都由这一根根线来支配。由于人类生活的特性，导致人类产生两种智者：一种是教你如何融入世俗，推动人类文明的发展；一种是教你如何弃绝世俗，探寻生命存在的真正意义。前者导致政治，后者导致宗教。20世纪末，传统的宗教影响力渐渐减弱，一些新的宗教派别的产生，往往误导世人。它们或者与政府对抗，显示极度的破坏性；或者以自身的欲望为目的，充分张扬人类的自私的极端。我们虽然理解这些邪教的产生仍出于对政治的反动，但也可以看出宗教意识已深深地根植于人类的思维之中。人类永远无法改变自己的主流生活，宗教也永远只能是政治的补充。在修复人性、抑恶扬善等问题上，宗教可以弥补政治的功能性的不足。政治救世，宗教救心，这是政治与宗教并行不悖的理由。

没有剃度出家的寒山，只是不曾履行佛家规定的形式，但他的言行举动，已超过了一般的出家人。在当今这个时代看来，寒山栖隐的意义可能微不足道了。但我们可以从他身上，看到我们人类为寻求"心"的解放而做出的艰辛的努力。只要物欲还在泛滥，只要人们尚在名利场中醉生梦死，寒山存在的现实意义便不容抹杀。

寒山栖隐70年后，尚有诗作问世，可见他活了100多岁。"自从出家后，渐得养生趣。"养生的秘诀在于养心，寒山存世的300多篇诗作，十之八九，都可以视为养心之作。

物质文明在于养身，精神文明在于养心。现代社会的悲剧是有时重在养身而轻于养心。长此下去，人类必然会沦为物质的奴隶，最终丧失生存的资格。

因为闾丘胤的惊扰，百岁老人寒山从此在天台山中失踪了。由于他的诗歌的流传，他的生命的光芒终于在历史的星空中迸发了出来。漫步在天台山中，看到一处处隐于森森古树中的肃穆的寺院，看到山间卷舒的白云和树叶上坠落的露珠，我总觉得寒山并没有离开我们。山间岩畔那些丛丛簇簇的野花，是他"心相"的表现：美丽而不炫耀，宁静而又活泼。

我再次吟诵起他的诗句：

　　自乐平生道，烟萝石洞间。
　　野情多放旷，长伴白云闲。
　　有路不通世，无心孰可攀。
　　石床孤夜坐，圆月上寒山。

1997 年 10 月 26 日于明禅堂

龙井问茶

　　杭州西湖之侧，狮峰与南高峰之间，有翁家山村。村口有一井，名老龙井。游人至此，必然会在村民的指导下，用一只小小的木桶，从井中吊起一桶水来，洗一下手和脸，体会井水的清冽和柔滑。

　　老龙井米青石的井沿上，刻有乾隆皇帝御书的"老龙井"三字。杭州有官司，争老龙井。皆因这翁家山村之下，还有一村叫龙井村，该村的村民说正宗的老龙井应该在他们那儿，但翁家山村因有乾隆皇帝的御书在，故得理不让人，声大气粗地告诉游人："真正的老龙井，在我们这里。"

　　一口水井有什么好争的？醉翁之意不在酒，争井是为了争茶。既然正宗的老龙井在翁家山村，那么，正宗的龙井茶也必定在翁家山村了。

　　西湖的龙井茶，声闻天下。近年来，虽然有诸如洞庭春芽、普洱、女儿环等一些极品的绿茶问世，但其影响力与涵盖面，都还远不及西湖的龙井。

　　杭州为东吴胜地，素有"半城湖水半城山"之称。那半城的山，参参差差，郁绿团团，略无芒刃。几乎每座山都有墨客骚人的韵迹。同样，每座山上，都是丛丛簇簇的绿茶，它们统称为西湖龙井。西湖的每一处景点，都摆满了兜售龙井的茶摊，只是鱼龙混杂，游人稍一不慎，就会上当，买到假的龙井。

好事如我者，正值春茶上市的时候来到了杭州，游过西湖之后，又雇了一辆车，专程访茶访到了翁家山村。

这座山村在西湖与钱塘江之间，村下不远，便是有名的中国茶叶博物馆。对杭州风物了若指掌的出租车司机，把车停在了老龙井旁边。立刻就有一群村民转将上来，盛情相邀我去他们的家中品茶。我选择了一位没有说话，却一直朝我微笑的中年人，跟着他进了他的家门。

这是一栋洁净雅致的两层小楼。大门上方横扇的玻璃上，赫然写有四个玫瑰红的仿宋大字：龙井问茶。

进屋中，中年人首先递给我一张名片：西湖乡龙井路翁家山村茶叶专业户，翁炉跃。

"翁老板，"我尊称地问他，"你这门头上，为什么写龙井问茶四个字？"

"这是我们这儿的风俗，请你来品茶，回答你的提问。"

"问什么？"

"问茶嘛。"翁炉跃一笑，"不问，你怎么知道龙井茶的特点呢？"

翁炉跃用开水烫出两个玻璃杯，放进去两撮刚制成的龙井茶。

"为什么用玻璃杯呢？"我问。

"好看颜色呀！"翁炉跃说，"古人品茶，用的是瓷杯，因为那时还没有玻璃杯。"

翁炉跃往玻璃杯里倒了小半杯水，拿在手上晃了晃，又把水倒掉。他把留着濡湿的茶叶的杯子送到我跟前。

"为什么把水倒掉？"

"喝龙井茶的规矩，第一杯水只冲三分之一，然后倒掉，让你闻茶香。"

我闻了闻，一股素雅的清香沁人心脾。由于温热，这茶叶的清香比见水之前浓郁得多。

"好香！"

"新茶都很香，但龙井比起其他的新茶来，香味又有特别。"

"特别在哪儿呢？"

"它的香气比较长久，不是太浓，也不是太淡。"

"欲把西湖比西子，淡妆浓抹总相宜。"我信口背了两句苏东坡的诗句。翁炉跃似乎懂了，微笑着点头。

第二杯水又沏了上来。

玻璃杯里，一片绿汁翻腾。等茶叶稍定，热气稍散，我吹开些许翡翠色的针芽，呷了一口，但觉柔柔滑滑，满嘴的清香，甘而不腻，厚而不滞。

"茶味真好！"我禁不住赞叹。

"好的茶味，第一是茶好，第二还要水好。"翁炉跃不无得意地说，"我们翁家山的茶，是真正的龙井茶，我们翁家山的老龙井，也是真正的龙井水。你喝的这杯茶，是再也正宗不过的龙井茶了。不信，你拿别处的茶叶来沏老龙井的水，不会有这么香，同样，拿了我们翁家山的茶，沏别地的水，味道也不会这么纯了。"

茶水茶水，论茶还须论水。这个道理，陆羽在《茶经》中已反复强调过。历代不少文人雅士，给天下的茶排过名次。翁家山的茶配这老龙井的水，大概也可称是茶中的一绝了。

"龙井茶，各地的茶叶店里均有卖的，但老龙井的水，却不是到处都有的。看来，天底下能喝上正宗的龙井茶的人，还是不多的。"

"岂止不多，少得很哪。"翁炉跃有些遗憾地说，"每年来我们杭州西湖旅游的中外人士，也是不少，在西湖边的茶社里一坐，喝上一杯茶，就心满意足了，以为喝上了真正的龙井茶。其实，他们哪里喝到了真正的龙井茶哟。"

谈话之间，这第二杯茶水我是品下去了。翁炉跃又给我沏上了第三杯水。

"这第三杯水还有说法吗？"

"有。第一杯水，是闻香；第二杯水，是品茶；第三杯水，是观茶。"

"观茶，怎么个观法？"

"观茶叶的外形。"翁炉跃指了指杯子说，"正宗的龙井茶，制作方法和草青不一样。草青是揉出来的，龙井是压出来的。揉出来的茶，水泡之后，面上会有一层白沫，我们叫它茶乳。龙井茶水泡之后，便不会有这层茶乳。"

我想到陆游的诗"晴窗细乳戏分茶"，这细乳，便是翁炉跃所说的茶乳了。看来，陆游所品饮的春茶，不是龙井而是草青。像黄山云雾茶，便属于草青之列。

翁炉跃继续介绍："龙井茶的采摘是有规矩的，必须一旗两枪，旗指的是叶，枪是芽。我们翁家山的地气，到清明前后才发挥出来，这个时候的茶树，才有可能长出旗枪，每片茶叶，严格地讲，都必须一旗两枪，就是一片嫩叶托住一对嫩芽。第一杯水沏上，茶叶还收缩着，你看不清茶形。第二杯水，茶叶刚刚展开，不能看得仔细。第三杯水，由于茶叶吸饱了水，全部展开了，你才能看得明明白白，每一片茶叶，都是一旗两枪，且都直直地竖着，像悬针，你自己看看，是不是这样。"

果如翁炉跃所言，这玻璃杯中的龙井茶，旗枪宛然，黄黄绿绿，直立杯中，像西湖中飘逸的苻草。

"西湖龙井，一年可采四季，春一季，夏两季，秋一季。最贵重的茶叶，就是这春天的一季了。一亩茶园只能采 30 斤茶叶，都是嫩嫩的芽子。"

翁炉跃如数家珍，详细向我介绍着龙井茶的所有情况。我一边品茶，一边问茶，等于上了一堂生动的龙井茶的植物课和历史课。

一杯复一杯，一问复一问，不知不觉日已过午。同行的人提醒我应该告辞了。我起身，提出最后一个问题："你这正宗的龙井茶，卖多少钱一斤？"

"价钱不等，最便宜的 300 多元，贵的也有六七百元的。"

看出我的惊讶，翁炉跃又说："你是不是觉得贵？其实不贵的。不过，你不必担心，我不是一定要你买我的茶，我这个人，喜欢以茶会友。同你交个朋友，我也很高兴。"

看得出来，翁炉跃的话是真心的。由于钱夹放在旅店里，身上阮囊羞涩，只好向他道歉，离开了这栋小楼。

出租车驶上了山道，翁炉跃还在向我们挥手致意。我于是提醒自己，再来杭州时，不要忘了再来翁家山村，买几斤翁炉跃生产的龙井茶。

1997 年 3 月 30 日

蝴蝶泉印象

比起苍山洱海的博大和崇圣寺悠久的历史，蝴蝶泉的名声要单薄很多，但依然不失为滇西南一个值得一游的地方。

从大理城出发，到蝴蝶泉 45 分钟的车程。一路上，但见车窗外一时并出的新谷新花，盈川被垄的晚稻秀风，心情已是十分清爽。及至进入蝴蝶泉牌楼里的这条宿雨含红、朝烟带绿的林荫道时，心境更是透入了澄明的幽意。

蝴蝶泉坐落在苍山云弄峰麓的神摩山下。这神摩山挟其苍山山脉的余势，在一片沙砾的坝子葱葱拔起。危崖突石、深涧古溪，敷着一层旷古的秋色。从危石间流下的一股泉水，在林荫深处结出一个浅潭。潭上方，生长了一棵叶如巨伞、干似盘龙的合欢树。树之左，立有石碑一方，刻"蝴蝶泉"三字。

蝴蝶泉最早的游记，乃出自徐霞客之手。他是这样写的：

……有蛱蝶泉之异，余闻之已久。……泉上大树，当四月初即发花如蛱蝶，须翅栩然，与生蝶无异。又有真蝶千万，连须勾足，自树巅倒悬而下，及于泉面，缤纷络绎，五色焕然。游人俱从此月，群而观之，过五月乃已。

　　游蝴蝶泉之前，我已读过这篇游记。三百多年前的徐霞客，深谙自然的奥秘与地理的结构。可是，对于大自然的戏剧性，这位大旅行家却顾及不够。当我下车，看到一只灰色的蜥蜴在蝴蝶泉边的草地上轻快地溜走时，我便对同伴开了个玩笑，我们今天游的，可能是一条蜥蜴泉。

　　然而这里是蝴蝶泉，蝴蝶每年四月飞来这里聚会，是一个极为戏剧性的事件。

　　我走到潭边。潭水由合欢树后弯曲岩壁中流下的泉水汇聚而成。潭水清澈，水底的石砾，清晰可见。水面上，浮着一些树叶和溺死的野蜜蜂。穿过鸟啼的间隙，还有一些野蜜蜂仍在飞临水潭。这些口渴的昆虫是前来饮水的，这洁净、清凉而又甘美的泉水，成了这些小精灵的伊甸园。

　　水潭四周，是一片并不太大的浓荫。合欢、樟、楠、酸香、黄连木等芳香树种，还有山茶、杜鹃、曼陀罗、月月红等鲜花，构成了砾石包围圈中的芳香之岛。徜徉其中，听泉声，闻鸟鸣，呼吸湿润而清新的空气，你会产生这样想法：如果是一只蝴蝶，你也会选择这里作为栖息之地。

　　问题是：蝴蝶为什么只是四月来临，在其他的月份，这里却不见蝴蝶的踪影呢？

　　其说不一：有的说潭边的那棵老合欢树一到四月，便散发出一种奇异的香气，因此把远近的蝴蝶吸来；有的说一到四月，蝴蝶泉边百花盛开，这里的温度、湿度，都适宜于蝴蝶的生长。据专家考证，这两者都有一定的道理。据说70年代，这里的蝴蝶数目曾大量减少。其因一是由于森林植被的破坏，整座苍山气候转向干燥，导致蝴蝶迁徙；一是农村大量使用杀虫药物，使许多蝴蝶幼虫死于非命。近几年，人们开始注意生态平衡，有意识地对蝴蝶采取一些保护措施。尽管做得还很不够，但每年四月来此聚会的蝴蝶，毕竟又多了起来。

由于一年一度的蝴蝶奇观，当地土著的白族人，便把每年的四月十五这一天，定为蝴蝶会。每逢会期，远远近近的游人都赶来蝴蝶泉边，对歌、跳舞、赏蝶，真是其情也浓浓，其乐也陶陶。

据导游介绍，每逢蝴蝶会这一天，蝴蝶也来得格外多。真是无树不花，无花不蝶，无蝶不灿烂。大蝶大过巴掌，小蝶小过眉眼，翩翩趷趷，密密簇簇，远远看去，像是一片五彩缤纷的早霞。斯时此处的游人，一个个，都成了彩云间穿行的仙人。那该是多么令人气爽神怡的情境。

更有趣的是，那些蝴蝶还能像杂技演员一样为人表演。蝴蝶泉边，蝴蝶会的中心，是水潭边上那棵千年的老合欢树。树的枝枝叶叶，全都落满蝴蝶，变成一棵名副其实的蝴蝶树。一些在树上再也找不到位置的蝴蝶，便连须勾足，结成长串，自树枝倒悬于潭面。这种蝴蝶串，有时多达数十条，看上去，像是一条条五光十色的花链，或是一道道溢金流彩的霓虹灯光。微风吹来，蝴蝶串悠悠飘动，潭面上，曳过多姿的倩影……

遗憾的是，我是深秋季节来到这里的，没有亲眼见到蝴蝶会的盛况。但我毕竟在这里看到了与长江中下游地带有着不同气质的璀璨秋色。这里是高原地区，秋天清爽宜人，阳光充足。日落后气温的骤降，容易产生鲜艳的红叶。除非我的心情特别需要某种孤独的意境时，我才喜欢阴阴沉沉的园林树丛。一般来讲，我总是钟爱明快的色调。现在，在蝴蝶泉的园林里，每片树叶，黄色的、褐色的、红色的、绿色的，在我眼中，都幻作微风中颤动的斑斓彩蝶。秋天的园林总是懒洋洋的。因此，这些蝴蝶一样的树叶所显现的瑰丽，也是那样漫不经心。

同行者说，希望有机会再来这里看看四月十五的蝴蝶会。我认为没有这个必要，因为我觉得已经在这里获得了完整的蝴蝶印象。

1990 年 4 月 3 日

消失的禅音

一 佛性的光辉

丹桂飘香的九月，我同一班朋友，从昆明出发，专程游了一趟鸡足山。

鸡足山古名清巅山，又名九曲山。在大理地区的宾川县境内，面积约５０平方公里。峰峦攒簇，盘曲九折，前伸三支，后拖一矩，宛如鸡足，因此山以形名。

鸡足山的出名，与释迦牟尼的大弟子迦叶尊者有关。

《五灯会元》记载：

> 说偈已，（迦叶）乃持僧伽梨衣入鸡足山，俟慈氏下生。即周孝王五年丙辰岁也。

《曹溪一滴》亦有记载：

> 一日因阿难问曰：师兄，世尊传金缕袈裟外，别传个什

么？迦叶召阿难，阿难应诺，迦叶曰：倒却门前刹竿，著即付给与阿难尊者。复以凤约必别于阿世王，入鸡足山席地而坐，自念今我被粪扫服，持佛僧伽黎，必经五十七俱胝，六十百千年。至弥勒出世，彼时阿难亲刻尊者像一尊，遗于华首门，今迦叶殿所供小像是也，出自古通。

另外，《大唐西游志》《法显传》等书均有同类记载。迦叶是释迦牟尼十大弟子之一，中国禅宗把他列为传承佛法的第一代祖师。据说，迦叶持着一件金缕袈裟，带着舍利佛牙，来鸡足山传布佛教，并入定于鸡足山主峰天柱峰下的华首门，等待弥勒菩萨的出世。至今，山中尚有多处迦叶的遗迹供人凭吊。但是，上述的记载和传说，尚未得到史料证实。从时间和当时印度佛教活动的范围来看，迦叶是不可能来到鸡足山的。为此，历代学者与佛教中人一直争论不休。学者重考证，僧人据佛典，各有所恃，互不相让。这也算是佛教的一大悬案了。

尽管这种争论还会旷日持久地延续下去，鸡足山因为迦叶而成为佛教名山，却已是不争的事实了。

中国的佛教在唐代已是鼎盛时期，那时的云南，虽然属南诏国，但中原的佛教，已影响到滇西。宋代，南诏国脱离了中原的统治，直到元朝，忽必烈消灭了南诏国，滇西才重新并入中国的版图。佛教作为中原文化的一部分，这期间在滇西的传播达到了高潮。整个滇西，几乎已是"无山不庙，无庙不僧"了。而鸡足山的佛教，这时也进入了全盛时期。全山有36寺，72庵，僧侣最多时有5000多人，成了名副其实的佛教名山。由于元朝的历史太短，鸡足山留下来的佛教史迹，多半是从明代后半叶开始的。此前的唐、宋，虽然禅宗大兴于中原，但棒喝之风、公案之习却不曾扰动鸡足山的暮鼓晨钟。作为名山，宋人撰写的《洞天佛地记》亦把它遗漏。而像李、杜、欧、苏这样的唐宋时期的大文豪，也没有谁登临赏玩过鸡足山的高峰深壑，为它的林泉风度留下只言片语。

作为山，鸡足山是古老的；作为名山，比之中原大地的三山五岳，鸡足山则又年轻得多了；作为佛教名山，尽管它有最古老的传说，尽管明朝的大错和尚，已把它与五台、峨眉、普陀、九华并称，但因其地偏远，在国内的影响力，却不能和四大名山相比。20世纪以来，鸡足山名声渐远，特别是80年代以后，国务院将鸡足山列为重点佛事活动场所向外开放，加之交通条件的改善，鸡足山的游客与香客才逐渐增多，现每年上山旅游者，都有十几万人次。

我们一行，3部车子11个人，昨天下午从大理出发，在宾川县城吃过晚饭，而后披着浓浓的夜色，驰上鸡足山的简易车路，一路之险，不可名状。来到我们入住的满月苑旅店时，已是深夜12时了。斯时山高月小，苍岩如墨；松风起伏，钟鼓不闻。加之这旅店的电灯只供应到晚上10点钟，每间房只分得一根蜡烛照明。大家本已疲乏不堪，于是便免了夜游或者夜话的兴趣，各自睡觉去了。

当清脆婉转的鸟啼将我从睡梦中惊醒，睁眼一看，只见一团一团的浓绿，同柔和的曙光一道，从窗缝中直往房间里挤来。急忙披衣而起，洗漱毕，走出满月苑的大门。

这时，我才看清这旅店是在山腹之中，周围的千万树松栗，堆岚耸翠，形成一堵堵丰腴而又潮润的绿色的峭壁。满月苑便在这丛丛峭壁的底部。

　　顺着满月苑右侧的一条窄仅盈尺的小路散步而去，这小路两旁长满了蕨草与香蒲，它们的茎叶上缀满了露珠。走了不过十几米远，我的两只裤腿已经湿透了。小路通向一面生满灌木的缓坡，走到那里，我忽然听到琤琤琏琏的水声。循声望去，只见前面不远，又是一道深不可测的峡谷。原来我们并不是在底部。这道峡谷从我的脚下垂下去。缥缥缈缈的林木，仿佛烟缕一样袅袅升腾。偶尔有几块岩石，突兀于林木之上，满覆苍绿的地衣。断续的水声便是从岩石与林木的底下升上来的。独自伫立在菖蒲丛中，沐浴着溢彩飘香的翠雨和翻崖喷雪的溪声，顿时，我的内心充满了出尘的喜悦。

　　近年来，我常游名山大川，也走过一些佛教名山。虽然都有名，但其内质却迥然相异。黄山、张家界一类，以岩峰丘壑之奇特为胜；普陀、九华一类，其山形以浑厚质朴见长。这符合佛家的朴实无华的宗风。看来菩萨道场的遴选，也有共同的美学原则可寻。按佛家的观点来看，一切万物皆含佛性。既然一切万物，当然就包括山川草木了。任何一种生命形式都值得赞叹，山川草木也有各自的生命形式。林木青又黄，花草凋又开，岚雾的卷舒，溪泉的流动，便是各自生命的智慧活动。各种各样的活动中，光中、声中，皆有佛的存在。来到鸡足山的第一个早晨，面对眼前的山水所给予的幽玄的意境，被我携上山来的不可思议的世界、不可理喻的人生，顿时都消融在佛性的光芒之中。

　　当我顺着这条窄窄的山路继续前行时，水声渐远。我忽然听到另一种声音：低低的，长长的，犹如悄声慢唱。这声音有点凄恻，又具有某种诱惑。越往前走，这声音越是明朗，连夹杂其中的更低的木鱼声我也听到了。这是和尚们的诵经声。终于，我看到了林子那边一座寺院的红墙以及乌黑的飞檐。

二　祝圣寺怀古

这是祝圣寺。

上山之前，我已研究过有关鸡足山的典籍。祝圣寺原名钵盂庵，建筑在满月峰之侧的钵盂峰下，是明代嘉靖年间一位姓陈的居士创建的。在鸡足山中，钵盂庵算不上有名的寺院，现在，由它而改建的祝圣寺，倒成了山中最具规模的大庙了。

这一改建工作，是由虚云和尚完成的。

关于虚云和尚的生平，我已在其他的文章里谈过，在这里，只谈谈他与鸡足山的因缘。

1902年，已经63岁的虚云和尚，在朝拜了峨眉山后，又过晒经关、火燃山，经会理州入云南省界，过永北县，渡金沙江来到鸡足山。这是虚云和尚第二次来鸡足山。第一次是他50岁时，他入山朝拜迦叶菩萨的遗迹。当时山上各寺庙的和尚们，均是子孙相袭，僧俗不分，像虚云这样的外地和尚来，根本不许挂单。虚云深感山中僧规的堕落，发愿要重振鸡足山的佛教，但他知道当时机缘未熟，只能怆然离开。这次二度重来，他先往鸡足山中各处寺庙进香。这些寺庙仍同当年一样，不许他挂单，他只能和同行的戒尘和尚露宿在荒坡野树下。尽管如此，鸡足山的僧人仍怕这个外来的和尚名高盖主，不准他在山上居住。他只得带着戒尘，涕泪下山到了昆明，在福兴寺闭关一年。到了1904年春，因归化寺和尚契敏等人的恳请，虚云出关，先在归化寺讲《圆觉经》《四十二章经》，皈依者3000多人。尔后又应梦佛上人的邀请到筇竹寺讲《楞严经》。一时间，虚云在昆明的声名大振。时任大理府提督的张松林和李福兴，率一帮官绅，专程来昆明把虚云迎至大理府的三塔崇圣寺，请讲《法华经》，皈依者又数千人。李提督盛情挽留虚云就住崇圣寺。虚云说："我不住城市，我早就发愿要在鸡足山挂单，但山上的子孙不许。今诸位护法，若能为我在鸡足山圈一片地，我愿在那里开单接众，以挽救滇中僧众，恢复迦叶的道场，此老衲所愿也。"李提督称善，着令宾川县知县办理。由于官方的支持，虚云回到了鸡足山。他并不想住进那些现成的有僧人住持的寺院，而是找了一个已经坍塌的破院来安身，这破院便是钵盂庵。

钵盂庵自嘉庆后，已无人住。虚云驻锡于此，发觉钵盂庵香火不旺的原因，是因其大门外的右方有一尊白虎样的巨石蹲跪在那里，导致佛位不安。他决定斫碎巨石，在那里凿一个放生池，化解白虎之不祥。于是请来石匠斫石，谁知斫了几天，巨石连个裂痕也没有。遂将巨石周围的壅土剥去，才发现这是一块无根的巨石，高9尺4寸，宽7尺6寸。顶平可结跏趺坐。虚云又招来百余名山民，让他们把巨石往左移28丈。山民们拼力干了3天，这巨石动也不动。山民们感到劳而无功，于是一哄而散。虚云心知这块巨石不移，钵盂庵的改建便不会成功。于是他祷之伽蓝，讽诵佛咒，率领追随他的十余位僧人，居然把那块巨石移到了预定的位置。

这件事在鸡足山造成了不小的轰动，远近百姓都赶来看这一奇迹，无不惊为神助。好事者题为"云移石"，士大夫题咏甚多，虚云自己亦写了两首诗：

嵯峨怪石觅奇踪，苔藓犹存太古封。
天未补完留待我，云看变化欲从龙。
移山敢笑愚公拙，听法疑曾虎阜逢。
自从八风吹不动，凌霄长伴两三松。

钵盂峰拥梵王宫，金色头陀旧有踪。
访道敢辞来万里，入山今已度千重。
年深岭石痕留藓，月朗池鱼影戏松。
俯瞰九州尘外物，天风吹送数声钟！

巨石既移，虚云在鸡足山也就立住了脚。此后，他又经行万里，为重修钵盂庵募集经费。他走腾冲，经畹町到缅甸之仰光，又渡海至槟榔屿，再至台湾府、日本，又由大阪乘船到上海。这一路行来，已是一年有余，其间募得银两，陆续汇寄到鸡足山，由留在山中的戒尘督修钵盂庵。等到虚云到上海时，新修的钵盂庵已经落成，并由虚云更名为迎祥寺。新寺气势恢宏，成为山中最为壮丽的禅刹。此时，虽是光绪皇帝当朝，却是慈禧太后权倾朝野之时，而虚云的大名，也是轰动京师。肃亲王善耆以及庚子之乱时随銮的一帮王公大臣，都联请虚云晋京护法说戒。虚云到北京住了几个月，又由肃亲王发起，总管内务大臣将请颁《藏经》给鸡足山的一纸奏折呈给了光绪皇帝。光绪三十二年（1906）六月六日，皇帝准奏：云南鸡足山钵盂峰迎祥寺加赠护国祝圣禅寺，钦赐《龙藏》，銮驾全副。封赐住持虚云，佛慈洪法大师之号。

这就是钵盂庵变成祝圣寺的由来。

现在，我站在祝圣寺的山门前，内心有一股隐隐的激动。去年的深秋，在苍茫的暮色中，我曾造访虚云佛国之旅的最后一站——江西省云居山的真如禅寺。在那座天然城堡一般的名刹道场里，我听到吉祥的晚钟，荡漾在猩红的枫林和宁静的炊烟里。一年后我又站在这西南边陲的鸡足山中，再次体会布满大地的佛陀慈悲的光芒。斯时，朝霞满天，红红的枫叶，白白的芦苇，郁绿的松林和深褐色的岩石，都因这亮丽的霞光变得晶莹而又温柔。虚云一生，重修了很多寺庙，最著名的当数禅宗六祖慧能的祖庭曹溪南华寺、禅宗大师文偃之祖庭乳源云门寺、昆明西山的华庭寺以及这鸡足山中的祝圣寺。据《楞严经》记载，自释迦牟尼出世之日起，第一个一千年为正法时代，第二个一千年为像法时代，兹后的一万年为末法时代。虚云生于1840年，卒于1959年，享年120岁。他谢世之日，值佛历2502年，佛教的像法时代只剩下14年了。从1973年，佛教开始进入了一万年的末法时代。考其典籍，中国佛教像法时代的第一位禅宗大师应是云门文偃，最后一位禅宗大师则非虚云莫属了。从云门文偃到虚云，中国禅宗盛极而衰，一衰再衰。到虚云住世之时，禅宗不仅为世人所不识，就连寺庙中的僧侣，亦吃不下一杯赵州茶、半个云门饼了。中国佛教的两个最主要的宗派即净土与禅，两宗从一开始就有争论，激烈时甚至无法调和。历史上只有少数宗师大德能将禅与净土融为一体，创造佛教的中兴之象。毫无疑问，虚云属于这种伟大的佛教人物。禅宗是最能体现中国特色的佛教，虚云一人承接了临济、法眼、曹洞、沩仰、云门等禅宗五派，所谓"一花五叶"，是集禅宗之大成者。同时，他又深得净土的宗风，得到各派僧侣的拥戴。尽管"天将降大任于斯人也"，但处于像法时代向末法时代的转型期，个人的移山心力，毕竟无法挽住时代的潮流。这一点，从我踏进祝圣寺的那一刻起，就已深深地感觉到了。

山门与大雄宝殿并不在一条中轴线上，门在殿之右侧。虚云是深谙风水的，如此来建，当有他的道理。大殿正面是一面大照壁，两旁是侧门。左右侧门的门头上，各有一句联语，合起来是：

退后一步想
能有几回来

这副对联明白如话，含意却深。

照壁之外，是深深的峡谷。后退一步，便要置身峡谷之中了。那里有淙淙的溪流，缤纷的野花，茂密的丛林以及通向山外的青石小路。严守《百丈清规》苦修的僧侣，是不肯踏上这青石小路而走向山外的城市的。城市是人欲横流的地方。人们沦为物质的奴隶，贪婪地攫取财富和感官的享乐，不惜以牺牲自己本来纯洁的精神为代价。"昨日入城市，归来泪满巾"，愤世嫉俗者和矢志苦修者都有这种感受。当心力交瘁的人们偶尔摆脱尔虞我诈的俗世生活，来到这深山中的寺院，面对肃穆的佛光时，他就会体验到那种从未有过的轻松。这是被束缚的心的解放。他眼前的佛像、香火、法器与袈裟，都闪耀着迷人的光彩。"哎呀，这地方真好，我应该经常到这里参拜！"生出喜悦心的人，往往会这样感叹。但是，你究竟"能有几回来"呢？一旦你回到城市，便又像一只陀螺，遭受生活之鞭的抽打，身不由己地旋转着，须臾都不能停止。

我想，前来祝圣寺的朝拜者，大部分是不可能明了这副对联的深刻寓意。或者说，更多的人无缘见到这副对联，因为他们迷恋万花筒样的城市，根本不想进入鸡足山来洗涤被污染的心灵。

这就是祝圣寺香客寥寥的原因。

我走进大雄宝殿，香烟袅袅，钟磬横陈，早课的僧人已经散去。被阳光照耀的佛像，依旧那么庄严，并不因为置身在末法时代而显露哪怕是一星半点的愁苦。虔诚地礼佛之后，我在大殿里轻轻地徘徊，缅想90年前，虚云重建祝圣寺的种种辛劳。寺外已不见那尊"云移石"了，但虚云为此而吟诵的"俯瞰九州尘外物，天风吹送数声钟"的诗句，依然像一团团火焰，在我的心中燃烧。

这时，一位年纪很老的和尚走过来。我施了一礼，问他："师父，你住寺几年了？"

"三年。"

"虚云在这寺院里，还有什么胜迹？"

"什么虚云？"

老和尚这一句反问，使我沉入深深的悲哀。见我迷茫，老和尚又热心解释："我们庙里，没有哪个叫虚云。"

我本来还想问他很多，比方说他什么时候出家、为什么出家等等，但看到他身上沾满污垢的裟裟，我什么也没有问，便走出了大雄宝殿。

且让历史的流水，来洗涤现实的迷惘吧。漫步在祝圣寺小小的庭院里，我打开日记本，吟诵起几天前才抄录下来的这首诗：

> 山中有法筵，暇日且逃禅。
>
> 林壑生寒雨，楼台罩紫烟。
>
> 清斋孤磬后，半偈一灯前。
>
> 千载留空钵，随处是诸天。

这首题为《钵盂庵听经喜雨》的五言律诗，是明代万历年间著名的思想家李贽前来朝拜鸡足山，留宿钵盂庵时写下的。

不得志而逃于禅，几乎是中国古代知识分子的一条心照不宣的退路。1552 年，李贽在故乡泉州得中举人后，开始了多年的位卑俸微的下层官僚生活，直到 1577 年被任命为姚安知府，他的生活才算有了转机。李贽被任命为姚安知府前，就已经享有思想家的声望，受到不少文人学者的崇拜。他是有明一代最具叛逆性格的学者，他追求个性自由而不惜与自己赖以生存的官僚体制交恶。按世俗的观点，他担任姚安知府，应是一生最为春风得意的时候，但他并不留恋这一得之不易的官位，却跑到鸡足山的钵盂庵中听经来了。那时的钵盂庵，还是一座新建的寺庙。李贽在鸡足山中，仅仅留得这一首诗，可见他对钵盂庵的情有独钟。另外也说明，只有钵盂庵的"法筵"隽永有味，讲经的长老能够以一个禅者的思索，来吸引这位当世伟大的思想家的心弦，乃至他发出"千载留空钵"的浩叹。

离开鸡足山后没几年，李贽便毅然卸去姚安知府的官职，跑到湖北的黄安讲学，一年后，他干脆跑到麻城的"芝佛院"削发为僧了。他想把那只闲置千年的空钵，用来盛载他的个性解放的呐喊。

从钵盂庵到祝圣寺，从李贽到虚云，四百多年间，历史的嚣尘一次又一次污染着中国的灵魂。张扬个性自由的李贽和坚持要把"我执"破除净尽的虚云，其人生的追求迥然相异。在历史的星空中，也留下他们截然不同的回响。但是，鸡足山中的这一座寺院，却使这两位伟大的人物在"佛"的光辉里产生过某种共鸣。如今，站在祝圣寺院中的我，依然能够感受到那种共鸣的余波。透过禅的寂静的表面，我看到它的内核中一触即发的鲜活的精神，它是个人的，又是大众的；它是鸡足山的，同时也是中国的。

三　金顶寺谈禅

金顶寺建在鸡足山主峰天柱峰之巅，天柱峰海拔 3240 米。从祝圣寺前仰望此峰，巍然耸秀，高标独异，仿佛天地间一尊入静的头陀。

早晨，随行的向导已为我们雇好上山的马匹。从祝圣寺到金顶寺，有十里之遥的泥泞山道。泥浆没踝，几难拔步。因此，山民们便开展了牵马送客登山的业务。十几匹马驮着我们这批城里来的香客，穿行于密密的丛林之中，颠颠摇摇地，开始了我们在鸡足山中的又一次访禅之旅。

顺着泉瀑窜流的峡谷盘桓而上的这一条登山小路，仿佛是一条美轮美奂的画廊。九月的高原的阳光，绝无一点纤尘，因此显得特别明亮，似乎还略含一点绯色。照在树林里，深深浅浅，重重叠叠，翠色与褐色，金黄与赭红，它们互相变幻，给人以瞬间即逝而又过目不忘的美感。而树林中的那些敷着阳光的岩石，也仿佛涂了一层蜜。让人觉得它们温馨，甚至富有弹性。

在莫斯科的特列季亚科夫画廊，我看到俄罗斯19世纪的杰出画家希什金的十几幅原作。这位以森林画著称的画家，以他的艺术之笔，捕捉到了森林的灵魂。走在鸡足山的山道上，我仿佛进入了希什金梦幻一般的画境。这里的森林很少能见到年轻的树木。那些松、枫、栗、榉，从其伟岸而又多疖的躯干，可以想象它们古老的程度。我走过的山不算多，但也不少了，一座山上拥有如此众多的古树，于此仅见。已经是上午10点多钟了，丝丝缕缕的岚雾尚在纵横交蔽的枝柯上缭绕，像是佛寺的袅袅的钟声飘忽至此，挥之不去。偶尔出现的一堵红墙塔院，也让你感到它并不是一种"物质"的存在，而是某种突然凝固的精神形式。这种感受，在我之前的古人也产生过。

明人诗《游鸡足山至拈花寺》：

> 才到拈花寺，山情便不同。
> 门开青霭里，阁耸翠微中。
> 深径霜铺白，悬岩日射红。
> 隔林望华首，塔影矗遥空。

清人诗《友人携酒入山》：

十里松阴阴碧苔，石桥流水绕山隈。

老僧入定披云去，居士参禅载酒来。

黄叶落时溪路隐，苍烟断处好峰开。

扶筇长啸招玄鹤，鹰隼回翔莫忘猜。

　　写诗的人，非禅非名，不见经传的一般文人而已。然而，一双云水生涯的芒鞋至此，从未见过的"山情"使他们的感官激奋，导致精神的结晶迅速产生，写出如此美妙的诗篇。

　　骑马一个多小时，抵山半腰的迦叶寺，此处建有登金顶寺的缆车。我们又舍马登车，20多分钟后，来到了天柱峰顶。

　　天柱峰又名四观峰。顾名思义，站在这鸡足山之三十六峰的最高峰上，有四面景色可观。东观日出，看宇宙的这一粒丹心，怎样在金沙江的惊涛骇浪中腾起，于混沌世界中放大光明；西观点苍山下的洱海，波平如镜，丽日骄阳之下，真不知风涛为何物；南观云海，琼楼玉宇，火树银花，看佛国之变幻，是如何虚无缥缈；北观雪浪，看数百里外的丽江玉龙雪山，一条磅礴而来的游龙，以何等矫姿游进至大至空的菩提世界。

　　站在天柱峰上，我在幽谷中行进时的那种恬淡心情，一下子壮烈起来。看脚下密密簇簇的群山，大的如青螺，小的如雀卵，林木如燃香，岩石如钟磬。山水云气，一片苍茫。对于离群索居者，这是非常理想的地方。你坐在这万山之巅，只能和云对话，和风谈心。我想，最早于此建寺的和尚，其矢志苦修的决心，真是值得我们后代人敬慕。他不但与人隔绝，甚至充满禅意的花、鸟、虫、鱼，也不能进入这一方净土。

在那短命的元朝，金顶寺就是滇西的一座有名的寺庙了。此后数百年间，屡毁屡建，屡建屡毁。16世纪下半叶至17世纪上半叶，也就是从万历皇帝到崇祯皇帝这七八十年的时间，是朱明政权由盛而衰，政治上的不祥之兆接踵而来，最终导致一个庞大的封建帝国走向崩溃的时期。正是这个时期，金顶寺却走向了它的全盛。在当时云南的一帮官员的赞助下，它由一间茅屋变成了一座有相当规模的寺庙。尔后又围绕寺庙筑了一座"罗城"，又由世袭的黔国公沐天波，下令把云南省城昆明的太和宫殿移来，作为镇山之宝。至此，金顶寺融佛、道于一城，前观后寺，张天师把门，如来佛坐镇，蔚为大观，成为鸡足山第一丛林。

国家不幸诗人幸，乃是因为诗人都是愤世嫉俗的一群，万方多难，诗人正好振臂一呼。但国家不幸佛家幸，似乎有点违背常理。乱世乾坤，社稷飘摇，人们哪有闲心念佛呢？不过，想得更深一点，这也是很自然的事。世事未卜，人们看不到光明，不乞求佛又能乞求什么呢？

按佛教的解释，所有的对立生于"空"又灭于"空"。单个的人可以遁于空门，但整个人类显然不可能遁入空门，这就是佛教存在的理由。大难将临，人们总是求助神秘的力量。

站在金顶寺的山门前，看山之闲情，思古之幽情，问佛之禅情，一起悠然而至。这山门的造型和釉彩，似乎含了一些小乘佛教的风格，与我在泰国见到的寺庙有某些共同之处。滇西本来就有着小乘佛教的存在，这种建筑风格的糅合，在内地很难见到。

尽管有马可骑，有缆车可坐，然而来金顶寺的游人，仍是寥寥。入得山门，即是铜殿，过铜殿是九层砖塔，过砖塔是大雄宝殿。

在大雄宝殿礼佛毕，出门听得木鱼声。循声进大殿之侧的一间局促的僧房，只见一个老和尚正在念着《阿弥陀经》。与之攀谈，老和尚告知，他是四川人，出家前在乡村供销社工作，退休后，跑到鸡足山上出家了。"我现在还拿着退休金呢，每月我的儿子去领。"老和尚这么说着，似乎还有些得意。我顿时对老和尚出家的动机产生了疑问。于是问他："你知道虚云么？""虚云？哪个虚云？"老和尚迷惘地望着我，"我没有听说过。"听他这么一说，我施礼退出了僧房。

趁着同行的人去抽签问卦的工夫，我又信步走进了知客堂，一位中年和尚接待了我。他清清瘦瘦，戴着眼镜，举止斯文。通过交谈，知道他释名惟圣，广西人，三年前出家，原是一名报社的记者，现在是金顶寺的知客僧。

看得出来，惟圣是把佛教看作生命的理想。对禅的本质，颇有一些参悟。他认为禅在中国已经消亡。当他得知我游过九华、普陀以及栖霞、灵隐等著名禅寺时，不免感慨地说："你在那些地方怎么能找到禅师！现在中国的寺庙，几乎成了净土天下。而更多的寺庙，一天不做功课都不行，好像佛寺就是功课，这简直成了唱颂宗。这种风气，以九华、普陀最为强烈。南怀瑾说，现在中国连证得半个罗汉果位的高僧都没有，很有道理。"

惟圣说到这里，显出一脸的激愤。接着谈到虚云，他又说："禅宗一花五叶，分成临济、曹洞、法眼、沩仰、云门五宗。虚云大和尚，一人接五宗，是集现代禅宗之大成者，本世纪的禅师，无人能出其右。

但拿虚云去和南泉、黄檗、赵州比，不知又差了多少。"

这是我在访禅的过程中，第一次听到对虚云的这种评价。我对惟圣产生了敬意，不是因为他愤世嫉俗的言辞，而是看出他的确是一位修禅的人。

不知不觉，我与他谈了约两个小时，临别时，我又问他："在我们中国，现在究竟在哪里能找到禅师？"惟圣不假思索地回答："昆仑以北，已经有了大乘气象。在桐柏山、终南山的太白顶，还是有一些人在那里闭关。不过，你就是去了也找不到，哪怕到了他的关外，你也看不见。下个月，我就要动身去西北。"

"去寻觅大乘气象？"

"是的。"惟圣充满信心地回答。

惟圣的谈话，等于是给我虔诚的朝圣热情，兜头浇了一盆冷水。身居闹市的我，来到鸡足山，便觉得来到了世外桃源，看到连山的古树、生满青苔的浮屠和陈旧的庙筑，我心中产生了隔世之感。可是，在惟圣的眼中，这里依然是熙熙攘攘的红尘之地，依然是禅师们不肯久留的人间之域。

离开金顶寺，在下山的路上，我看到一处败壁上，留有大错和尚的诗：

山径每回折，幽深别有天。

到门先报鹤，小坐便为禅。

水曲堪忘世，松高不计年。

往来经咒远，次第洗尘缘。

这位大错和尚，原名钱邦芑，明崇祯年间当过御史，巡按云南。明亡后，便入鸡足山削发为僧。他的丛林生活，后人少有提及，但他修撰的《鸡足山志》，却是今天能读到的鸡足山最好的志书了。很显然，他之出家，乃是为了保全自己的名节，仍属于"不得志而逃于禅者"一类。所以，他认为鸡足山的松高水曲，均可以洗涤我们这些凡夫俗子的尘缘。毕竟，我们都不是真正的禅师。

1997 年 3 月于武汉至上海

烟花三月下扬州

　　儿时就背诵唐诗人李白《送孟浩然之广陵》的绝句，童稚时只觉得它好，但好在哪里却说不出来了。中年以后，才悟出这诗的妙处全在"烟花三月下扬州"这一句上。

　　扬州古称广陵，人们又叫它维扬。清代之前，扬州因靠着大运河，一向被誉为南北枢纽，淮左名邦。以今天的地理概念，扬州在苏北，不属江南，但古人自北方舟船而来，一入扬州，心理上便感觉到了江南。乾隆皇帝六下江南，其第一站盘桓之地，都定在扬州。江南是以长江为界的，从这层意义上，扬州不算江南，但它处在淮河以南，属不南不北之地，且扬州的人文风气，山水风光，都是近南而远北。杜牧在扬州留下的诗句"二十四桥明月夜，玉人何处教吹箫"，便绝不是凛冽的北地所能产生的情境了。

　　历史上的扬州，自隋至清一千多年间，虽屡遭兵燹，却不掩其繁华锦绣的气象。大凡一个城市，就像一个人那样，命运各异，有好有坏。有人终生困顿潦倒，喝凉水都塞牙；有人少年得志，到老也无灾咎。扬州属于那种"贵人多难"一类，比起杭州、苏州，它受到蹂躏最多。但每遭蹂躏之后，它总能顽强地恢复生气。"大难不死，必有后福"，这八字用在扬州身上，也是合适的。

记载扬州古时的繁华，典籍甚多，但最好的要数清代乾隆年间李斗先生撰著的《扬州画舫录》了。杭州、苏州乃人间天堂，值得记述的盛事比扬州还要多，但无论是张岱的《西湖梦寻》还是顾禄的《桐桥倚棹录》，都不及李斗的这本书。尽管张岱才情很高，是一代大家，但作为城市的记录，他之考证与阐释，均没有下到李斗那样的功夫。李斗之后，另一位扬州人焦循写的一本《扬州图经》，也是一本好书，但史的味道太浓，非专门的稽古钩沉之士，恐怕很难读它。

古扬州最令人向往的地方，当在小秦淮与瘦西湖两处。其繁华、其绮丽、其风流、其温婉，《扬州画舫录》皆记述甚详。西湖之名借于杭州，秦淮之名借于南京，但前头各加一"瘦"与"小"字，便成了扬州的特色了。我一直揣摩扬州人的心理，天底下那么多响亮的词汇，他们为何偏爱"瘦"与"小"呢？这两个字用之于人与事，都不是好意思。我们说"这个人长得又瘦又小"，便有点儿损他不堪重用；说"他专门做小事儿"，便暗含了鼠目寸光。时下有种风气，无论是给公司取名，还是为项目招商，均把名头拔得高高的。三个人支张桌子，弄台电脑，派出的名片却是"亚洲咨询公司"一类；两三张食桌的厅堂，美其名曰"食街"。总之，能吹到多大就吹多大。照这个理儿，瘦西湖完全可叫"大西湖"或"金西湖"，小秦淮也可叫"中国秦淮"或"银秦淮"了。古扬州城中，虽然住了不少点石成金的商人，但铜臭不掩书香，负责给山水楼台命名的，肯定还是像李斗、焦循这样的秀才。这两处名字最令人寻味：西湖一瘦，便有了尺水玲珑的味道；秦淮一小，也有了小家碧玉的感觉。如此一来，山水就成了佳丽一族，而扬州城也就格外地诗化了。

如是，话题就回到"烟花三月下扬州"上头。知道扬州的地理与历史，就知道什么季节到扬州最好。因为没有红枫，更没有与红枫相配的壮阔逶迤的峰峦沟壑，秋老时分到扬州的意义就不大。杜牧说"秋尽江南草未凋"，未凋并不等于葳蕤，失了草木欣欣的气象。莺歌燕舞的三月却不一样：那杨柳岸畔的水国人家，那碧波深处的江花江草，园林台榭、寺观舫舟，一色儿都罩在迷离的烟雨之中；此时的扬州，那些硬硬的房屋轮廓都被朦胧的雨雾软化了下来，曲折的小巷浮漾着兰草花的幽香；湖上的画舫，禅院的钟声，每一个细节上，都把江南的文章做到了极致。

"南朝四百八十寺，多少楼台烟雨中"，这样的句子把我们东方人的审美意趣，写得如同梦境。在三月的扬州，我们是可以寻到这种梦境的。

为了这梦境，我曾动了烟花三月下扬州的念头。去年，我打听何处可以雇一条船，邀两三好友于黄鹤楼下出发，一路吟诗作画，听琴吹箫到扬州去。结果人家告诉我，现在从武汉到扬州，根本无水路可通。后来打听到，从杭州或苏州出发，可从运河到达扬州。我又来了兴趣，让朋友去觅一只画舫。事情也未做成，其因是这一段运河虽然畅通，但除了运送货物的商船，渡客的帆舟早就绝了踪迹。

由此我想到，坐一条船于烟雨蒙蒙的江上，去拜访唐代的扬州，已是完全不可能了。扬州的繁华还在，但唐代的风流不再。若有意去欣赏今日生机勃勃的扬州，只能自驾车从高速路上去了。

阆中小记

车抵阆中，天已薄暮。

还在南充过来的路上，朋友就告知，已为我在阆中老城的水码头客栈订好了房间。乍一听客栈这两个字，心里头温温的，便产生了异样的感觉。因为这个词不属于现在的时代，填充它的内容，除了武侠小说中的刀光剑影，就是唐宋明清那些才子佳人的故事了。

及至踏着松影一般的暮霭来到水码头的门前，看到门楣上悬着的乌木匾店号以及一进五重的深深院落，我真的以为一脚走进了唐朝。

我们经常夸赞时代的进步，若认真探究，则这进步都是功能上的发展，并非有质的改变。譬如穿衣，只不过从围着兽皮发展到布匹毛料；于交通，则从独木舟发展到轮船，从毛驴儿发展到轿车；于饮食，从茹毛饮血发展到珍肴玉馔；于栖身，从岩穴发展到多功能的住宅。衣食住行的本质没有任何改变，唯一改变的，就是科技了一些，丰富了一些。这好比计时器，虽然从远古沙漏发展到今日的电子钟，但是，我们因此改变了时间吗？

丰富也罢，简单也罢，激烈也罢，恬淡也罢，就像这客栈，虽然在别的城市里早就换成了宾馆、酒店之类的名称，但歇息下榻的功能，从来就没有改变过。

但是，客栈之于阆中，却是非常贴切。因为这两个词，都在历史中承担着特殊的文化符号。

阆中建城，已有2300多年的历史了，真正的长寿老人啊！它与云南的丽江、安徽的歙县、山西的平遥并称为四大历史文化名城。中国的历史文化名城太多了，如北京、洛阳、成都、西安、杭州、苏州等，那都是演绎过民族的爱恨情仇的大城。上述四个，应是历史文化名城中的四小花旦了。和另外三座古城相比，地处川北的阆中，似乎名声要小一些，大有"养在深闺人未识"的况味。阆字比较生僻，最早见于《管子·度地》篇："内为之城，城外为之郭，郭外为之土阆。"许慎的《说文解字》做出解释："阆，门高也，从门。"北宋乐史的《太平寰宇记》是一部地理著作，介绍阆中，说它"其山四合于郡，故曰阆中"。比乐史早很多年的蜀汉谯周在《三巴记》里说"阆水迂曲，经郡三面，故曰阆中"。两位地理学家，解释阆中得名的由来，一在山，一在水。若到过阆中，到城对面的锦屏山放眼一望，便觉得乐史与谯周的话都说得对。往近点看，嘉陵江绕城三面，若烟雨迷蒙，看城中参差的瓦脊，倒像是浮在水上的一大片乌篷船。但若目光远举，四下看去，就不难发现，嘉陵江如一条蜿蜒的青龙，游弋在万山丛中，被它守护着的阆中，像蛰伏于雨意中的一朵朵莲花，深藏于翡翠般的谷底了。

阆中的不可思议处，在于它的文化。在科举考试的年代，这一座小城里，出过114名进士，4名状元。须知，整个四川才出了19名状元啊！如今，走在这里的街道上，参观古意盎然的楼堂亭园、衙署街坊，辨认建筑中的雕龙画凤、碑趺残绢，就会深切地感到，这里的风俗民情，无不浸透着温婉的书卷气。虽然，刘备的结义兄弟张飞在这里镇守七年，并死于斯、埋于斯，但阆中似乎完全没有受到他的暴烈的感染，它向世人展示的总是一份散淡和儒雅。

却说住进水码头，行李甫卸，我就急不可待地走上长街闲逛起来。

深春的黄昏，在这座小城里，幽静而漫长。曲折而略显冷清的街面，伴我漫步的，除了张飞牛肉的香味，还有掺杂了鸟声的漫不经心的胡琴。一堆满是特产陈列山货的店铺，仿佛一角园林；一座窗明几净、庭院生花的人家，仿佛一座空潭。身临其境，一些阴柔的词汇，如婉约、绵长、安谧之类，刹那间都生动起来，仿佛可以触摸、可以把玩。这时候，你就会领悟到这座古城长生不老的奥秘，乃是因为它平静着它的平静，悠闲着它的悠闲。你千种诱惑，万般浮躁，与它何干！

城市同人一样，性格千差万别。常言道"江山易改，本性难移"，尽管现代文明身影千姿、魅立四射，具有摧垮传统的绝对威力，但有的城市，对异质的文化，天生就有抗拒力。就像我此刻漫步的阆中，虽然也有网吧、歌厅、浴足城，但里头消费者的表情，还是散淡的，略含着幽默的。这就是现代其表古典其心了。

是夜，宿于水码头的阁楼上，听槛处嘉陵江的涛声，像听着一曲洞箫。这份悠然，让我想入非非。传言，得道的高僧可以烧出舍利子来，我想，如果往古的文化能像高僧那样坐化，则这阆中的风俗民情，定可以烧出璀璨的舍利。

桃花潭记

依常识理解，潭应存在于山谷涧水中，上面必有一挂小小的瀑布，泻入一个深陷的石窝。水亏则蓄，水满则溢。因此，潭的下部，也会有涓涓的细流，珠帘一样晃动。但是，桃花潭却不是这样，它是青衣江上一处小小的回水湾，若名之以渡口，似乎更贴切。

桃花潭的出名，乃是因为李白的那首诗：

> 李白乘舟将欲行，忽闻岸上踏歌声。
>
> 桃花潭水深千尺，不及汪伦送我情。

这诗不加修饰，似乎脱口而出，但它的美妙，如同春天田野上簇簇开放的花朵，全在于任意、全在于洒脱。

在泾县翠绿的峰谷间逶迤流去的青衣江上，翡翠的浪脉着实令人爱怜。在这样的江上旅行，俯察鱼藻，仰看云鸥，应是浮生中极大的享受。遗憾的是，驰骋于高速路上的轿车，早成为交通的利器，且与陀螺一般飞快旋转的现代生活极为合拍，所以普遍受到世人的青睐。而优哉游哉的水道，已经不再成为旅人的选项。

此刻站在桃花潭畔的我，已是见不到篷舟帆影、桂楫兰桡了。但我仍羡慕李白，能够无拘无碍地坐在木船上，用他略含幽默感的蜀音，与摇橹的艄公一边闲聊，一边品享皖南的山水。

　　传说，汪伦是泾县当地的一名掾吏，听说李白到了宣州后，慕他的诗名，便派人送去一封邀请函："先生好游乎，此地有十里桃花；先生好饮乎，此地有万家酒店。"李白接信后，立即欣然而来。但是，他却没有见到十里桃花与万家酒店，便问汪伦为何诳人。汪伦笑答："先生维舟之处，叫十里铺，岸边一株桃花正艳，正是十里桃花；小可为先生接风洗尘的这家酒店，主人姓万，难道不是万家酒店吗？"李白听罢，不但没有感觉上当受骗，反而非常欣赏汪伦的才智与盛情。酣游数日之后，临别时，送了汪伦这首诗。

　　这些年，我走过很多地方，看到不少旅游宣传册，遗憾的是，介绍文字无一出新。汪伦若生在今世，当是最好的旅游向导。他写给李白的邀请函，既别出心裁，又字字真实，这比那些名为宣传实为糟蹋名胜的牵强附会的故事，不知高明了多少。

　　因为汪伦，才有了李白这首诗；因为李白这首诗，桃花潭才有可能在名胜众多的皖南，占有一席之地。

　　我来桃花潭，正值阴历三月的春暮。我见到了"十里桃花"，那逍遥在潭边小山上的一株。花瓣飘落于碧水，树梢戏逗着短亭。当然，我也见到了"万家酒店"，在寂静的村巷里，梁上吊着老腊肉，门口卧着小花狗。同行人感叹："这么好的地方，为什么没有开发呢？"我倒觉得，这种冷清中藏有历史的温馨。时下，山水的环保已为国人所重视，但是，人文的环保还远远不够。开发，在某种意义上，意味着破坏，意味着历史诗意的扭曲与泯灭。

薄暮时分，一只机动的渡船驶来，载我们到对岸去。航至江心，闻到了水雾的芬芳之后，我顿觉神清气爽。及至登岸，一座略显破败的砖木建筑敞开门洞欢迎我们。有人告诉我，这是明代的踏歌楼，为纪念李白到此一游而建造。登上楼头举目远眺，但见夕照中的青衣江，似乎还流滴着唐朝天宝年间的澄碧，波浪的褶皱里，似乎还跳跃着李白听过的歌声。

走下楼头，一首诗便浮上心头了：

　　　　谁向滩头送晚舟，隔江又见踏歌楼。

　　　　我今来此桃花尽，惟见空潭水自流。

第三辑

　　我越来越觉得，禅虽然产
生于佛教，但禅可以脱离佛教
而单独存在。禅是一种生命
哲学。

吴家山避暑手记

一 唯高山可以挹清芬

转环千仞，山色由绿及苍。司机关了空调，摇下车窗玻璃，顿时感到三月的花信风擦肤而过，好凉爽怡人呀！一群低飞的燕子，在饱含负离子的森林空气中穿行的雨燕，把我引进吴家山这一清凉世界。

近年来，居住城市的人们，越来越为温室效应所苦。素有火炉之称的武汉，一临夏季，更是煎肝炙肺的暑气横生。小巷中人，莫不变成喘月的吴牛。人是大智大慧的高级动物，然而人毕竟也是可怜的，承受冷或热的能力都极其有限。温室效应之中，谁不想学那杳去无痕的黄鹤，扑翅儿飞往清凉世界呢？

车子从武汉出发，东行270公里，即进入层峦叠翠、茂林修竹的吴家山境界。

吴家山，原名蜈蚣山，当是某一座山峰的称谓。由蜈蚣之山变为吴家之山，列入户籍，冠以人姓，说明此处已不是唯有羚羊出没的地老天荒的一块。山谷中那被飞禽的点足勾画的云丝中，虽是路渺人稀，然而你去辨认某一处土岗的荒冢残碑，便知数百年前这里已有了一些举德馨之祀的人家。当然，现在的吴家山，也不是某座山的特指，而是大别山主峰东侧，海拔高度在 700 至 1700 米之间，面积约 50 平方公里的茂郁山林的总称。主管这一片未经污染的林泉风月的，乃是吴家山国营林场。

我是在去年夏天一次偶然的机会来到吴家山的。当我置身于它的一条幽壑里，横卧在野黄花丛中听忽远忽近的清泠的泉声时；或是攀登它的一座秀峰，跻身于参天乔木中——我把这些乔木称为野性的自由的肌肉——并因之陶醉于自然天籁的魅力时，我惊喜地发现，我正独自徜徉在一个尚未被城市人们所知晓的精美绝伦的避暑风景区内。

去年我在吴家山只住了短暂的几天，但那几天所得的欢娱整整一年不能忘怀。今年溽暑时节，朋友为我在庐山订好了房间。我婉言谢辞，为的是要重返吴家山，除了享受清凉，更重要的，是让自己的一颗心，再次清晰而生动地谛听大自然的天籁。绿色永远是生机勃勃的诗歌，吴家山的松律竹韵，令你常读常新。

伟大的科学家爱因斯坦说过：一个修养有素的人总是渴望逃避个人生活而进入客观知觉和思维的世界。这种愿望好比城市里的人渴望逃避喧嚣拥挤的环境，而到高山去享受幽静的生活。在那里，透过清寂而纯洁的空气，可以自由地眺望，陶醉于那似乎是为永恒而设计的宁静景色。

不用说，爱因斯坦这段话是如何使我心灵震颤。豆花雨歇，松月宜人。唯高山可以挹清芬。在那里，你呼吸到清寂而纯洁的空气，才能逃避日常生活中令人厌恶的粗俗，摆脱反复无常的欲望的桎梏。近年来，不少西方哲人和艺术家，都提出回归自然。他们的想法与爱因斯坦如出一辙。太阳、风雨、草木、禽兽，都不以谎骗和谬见与人相近，它们互衬美丽，昭示生命的乐趣。这乐趣并不在人类的智能风景画内。君问穷通理，山歌入浦深。那山歌系谁人所唱，曲深几许，又何须用 BASIC 语言来测称呢。

怀了这样的心情，今年溽暑我再次来到吴家山，过了 20 天饶有野趣的幽居生活。在那只住了寥寥数百山民的一大片遗世秀峰中，我遁隐至深；可是我又感到心中的激情从来没有这么裸露过。我登山，我涉水，我思考，我激动。大自然恢复了我生命的本来状态。一些在别人看来很枯索的事被我嚼出了甜味。我常常坐在树根上，对着美丽的风景写我的感受。这是自作多情，有时我这么揶揄自己。可是我仍这么做。自然并不是为我诞生的，自然却因它的需要而诞生了我。

二　面对生烟岭

一滴江南雨，绿了一颗心。

这是我前年写出的一首诗中的末后两句。在吴家山，这两句平淡的诗被我常常记起。这里的一声松啸或一缕暮烟，就能绿透我的一颗心。那天早晨，我顺着一条林间小路散步。走到一座峰头的迎客松下，向北面立，迎面一堵碧峰，不，确切地说，是一面巨大的翠屏吸引了我的全部视线。此时，我的右边天空刚升起一轮红于唇膏的初阳，而我的左边天空还挂着一团白如凝脂的晓月。阴阳双璧，举手可摘。它们都浮沉在面前这一面翠屏的腰际。因日之红，翠中似乎添加了许多摇摇欲坠的秋橘；因月之白，翠中又确乎有点点乳鸽升漾。散魂而荡目兮，日月为之环佩；骋怀而怡情兮，翠屏为我而妩媚。我问正好走过此处的一位脸色黝黑的护林人，这翠屏叫什么名字，答曰生烟岭。

生烟岭年年月月生的就是这日之烟、月之烟、玉石之青烟、丽木之翠烟么？我遐想才起，猛然又听得环佩叮咚。蓦然寻觅，只见日已升而月已沉。叮咚之声已不是发自阴阳的载体了。绿屏下有潮湿的白雾升起。贴地为雾，浮空为烟。雾幻烟迷处，叮咚之声乃是泉水。在生烟岭下，苍绿之中，料想敲日的羲和一定刚刚在此濯足，捣药的玉兔也一定汲了一瓶带回蟾宫品饮。多好的矿泉啊！晶亮亮的玉液，沁香沁香的琼浆，乃是一山翠叶滑落的珠露。

而生烟岭还在变化。

浓郁的绿色似烟鬟，似雾鬓。时而苍苍，时而晶亮。深不可测的仲春颜色，何处能见一点纤尘！更奇怪的是，这么一个万籁复苏的早晨，竟然这般寂静，静得耳膜发胀。我想，牛羊的踏蹄，众鸟的鸣啭，簌簌的落花，早坠的青实，所有谷雨茶一样清香，必定都消融在醉我化我的无边绿色中。矗立眼前的该是一块巨大的绿海绵。不但吮吸声音，伸手按去，它还会冒出一股一股的绿液来。

山绿水绿，空气更是绿的。刚刚站到这里，我就不自觉地做起深呼吸来。在物质文明高度发展的都市，烟尘四合，你怎能避免每天不吸进一些污浊之气？在这里终于能一吐为快了。

如此胜景之中，几次深呼吸后，你就能荡尽胸中的污垢，重蓄一段舒筋活脉的浩然之气。

我痴迷在那里，如一株灌木，成为生烟岭前卑微的景观。直到野天鹅样的旭日拨绿浪剌剌而来。强烈的光芒炫迷我的眼睛，我才挪步归去。

三　可溪

仁者乐山，智者乐水。我非仁非智，却是既钟情于葱绿之山，又向往于葱绿之水的。过不多久，身上总散发出柴烟气息的山里人便知道了我的爱好。一天，有位朋友说："今天，我领你去看可溪。"

我们出发了。一路上，见过好几条泉水。或簪云攒雪，临壁挂流；或松影浮沉，密林潜踪；或半溪风燕，蹁跹于汲水小姑娘的歌声里；或脖子上系着铜铃的老牛，正悠然啜饮流水落花。北宋大画家范宽的《溪山行旅图》，其意境妙不可言，比之眼前景物，又得稍逊一筹了。

走到一处弯道，腋下有凉气生。山道凹进，抵住一峰，刀削一般陡。峰下是一片冷杉树林，林中森森然。透过脆薄的阳光，还能看到地气浮升。错杂的枝叶中，地气幻化为虹，飘飘欲断，欲断未断。与青藤比婀娜，韵致中见淡泊。这奇景留我游足，脚站处，青苔踩出了水印。不过两三分钟，手肘上积有细碎的水珠，山翠湿人衣了。阳光，水雾，带绿的新鲜氧气，三者俱佳。该是很好的森林浴了。

朋友见我眉飞色舞，便告知，这片冷杉长得如此丰茂，是因为可溪滋养了它。可溪到了。我们穿过杉树林，路尽水现。两面石壁如门洞开，中间泻出一泉，仍是在石上流过。俯身揽水，一阵惬意的凉感由手及心。水击石有声，循声溯望，幽深莫测，越往上泉越窄。石壁千寻，溜冰场一般平滑。也有几处稍缓，青藤缘其上，摇曳着苍凉古意。

我问朋友，此泉的名字可有来历。朋友回答不出。这名字有很浓的文人味，可这里寻不着墨客骚人来访的踪迹。凿石勒碑的心理，一般文人都有。却喜这两堵石壁上尚无文字的污染。

站在可溪水中，我俨然成了上古时人。泠泠水声让我体会到人的庄严以及人的渺小。或者说在地老天荒的自然景物中，人竟成了多余的动物。一时间，我的脑中生出许多怪念头，甚至骇然悚然，面对这一份险峻和阴森。奇怪的是，如此冷泉中，还优哉游哉地爬着几只瘦如蜘蛛的山螃蟹。这可怜的节肢动物正在与山蚂蚁做着竞走比赛呢。一溪清纯的碧水中，还能见到一队墨黑墨黑的蝌蚪来来去去。这些蛙婴能长大么？有时，除了风声、泉声、松声、草声，偶尔能听到什么地方敲响一两声蛙鼓。

可溪太瘦亦太冷，似不求闻达的世外高人。然而冷拙中，实实又藏了一个雅字。其雅在仙气鬼气之间，骇然惊俗，别开意境。可溪可溪，可兮可兮。我顺口这么吟道。可溪并不理会我这纤细的感情。它在我脚下冲跌而去，以其金属般的水声激越于众山。虽然节令正值酷暑，我却如同置身在黄花已老的三秋里。

四 南竹林中静坐

客邸后门外，有一片清幽的南竹林。盛夏踞坐其中，清风绕身，甚为舒坦。天晴的日子，上午或下午，我常常搬一张藤椅，携一本书，一杯茶，坐到南竹林中去。一林翠槭，影摇千尺。板桥意境中，实在是个读书的好去处。这次上山，我只带了两本科技哲学著作。一是《熵：一种新的世界观》，一是《从混沌到有序》。我打个不恰当的比方，前书作者是热力学领域的庄子，用严肃的忧伤说理于人；后书作者则是热力学领域的孔子，字里行间透露出的改造自然的激情不可遏止。读此类深邃的书，要有一个孤寂的环境。南竹林当然是很理想的了。不过，在此读书，我也经常意马心猿。脆脆的阳光下，我的耳朵常常幻听，一支迷离的小夜曲，一曲低回的洞箫。有一次，我还分明听到马蒂侬的《山顶》，这位法国音乐家以他登上阿尔卑斯山的感受写成的交响曲，竟然越过迢遥的时空来撞击我的心灵。我眼中的铅字飞舞了起来，变成黄莺、百灵，鸣啭而去，把我的视线牵到很远，很远。

从林禽的羽毛上，我看到了风的色彩。清风以纤纤之手，弹竹枝为弦。风在山中是一种暗示，也是一种永恒的激发力量。宋玉把风分为等级，什么大王之风，什么庶人之风，看他把它亵渎得多么厉害。风是自然的灵感，它的喜怒哀乐乃是自然心情的表现。它不媚俗于人，歌哭于天地都是随心所欲。坐在南竹林中的我，试图成为风的知音。

南竹林生在山坡上。古人云："画竹不作坡，非吾土也。"这是深知竹的秉性了。南竹林下是谷物茂盛的垄田。再往远看，有两三户炊烟人家。青烟之外又是层峦叠嶂。纵目浏览，只见隐隐出现的云丝如隐隐出现的禅意。怡然自得的狗儿在草径上穿过。一只松鼠正在松枝上优雅地跳跃，而一只山鸡扑腾腾从草窠飞起，花翎子在阳光下划过优美的弧线……面对这些闲适的山中图画，相信任何一个感情匮乏的人，都会产生深浅不一的冲动。而我更是感到身心浸润在巨大的宁静里。这时候，我觉得，人的悟性更高于人的智慧。中国哲人似乎特别喜爱在这种氛围中思考深奥莫测的问题。答案与其说是思考出来的，还不如说是悟出来的。"相看两不厌，只有敬亭山。"这是李白的悟境。而我的悟境则是在这片南竹林中，富有弹性的思维，产生的不是忧伤，而是欢乐。生命如触目的山色，它老，它不老，都无所谓。它是一种状态，需要的是充实。箫声又起了，清癯的竹音，灵魂的音乐。

五　快乐来自森林

　　呼吸着一口口纯净的黎明的空气，确实是沁人心脾。太阳在别处是炎热，在这里是温暖。置身城市嘈杂的人群，我常常感到孤独。在这里，不管是走在山路上还是坐在某一块石头上，以幽人的坐姿冥想或眺望，我都觉得充实。环绕我的都是燃烧的绿色，柔情的诗歌。一只蜗牛在阴凉的石壁上踽踽爬行，我观察它，不觉过了两个小时。一条四脚蛇从我的脚背蹿过，那一天夜里，我的脚背始终存在着痒痒的、略含一点惊惧的惬意的感觉。几乎每天黄昏，山中都要降下一阵快雨。翁郁的森林酿出不尽的雨云。心栖天上，而快乐来自森林。林泉风月，受用无穷。我的一颗心完全松弛下来，于"悠然见南山"的意境中，多识草木鸟兽之名，我差不多快要成为博物学家了，然而还差得远呢，我只能以诗人的眼光来观察自然。

　　在吴家山消夏的20天里，我几乎要坠进隐士生涯了。可是我又回到了闹市，我不得不听命于另一种生活的召唤。但这一段幽居的生活，毕竟使我浮躁的感情有所沉淀，有所荡涤。一有机会，在盛夏时，我还会去那里的。一片峭丽浑厚的山林，林中郁绿的苔藓，永远供我徜徉。

1997 年 9 月 28 日

酒徒飘落

一

苏州园林中，沧浪亭并不算最好的。拙政园、网师园的名气，都在它之上。但我三过苏州，曾三游沧浪亭。徘徊其间，对绿水丘山、古木修竹，我的心情总有一些落寞。这并不是因为我不喜欢这里的园林之趣。初到苏州，我产生的最强烈的印象是，这座城市是最适合文人居住的地方。园林酒肆，水巷人家，处处都渗透着东方文化的圆融。那我落寞的心情又何以产生呢？

我最早知道沧浪亭，是通过一首名为《沧浪亭》的诗：

一径抱幽山，居然城市间。

高轩面曲水，修竹慰愁颜。

迹与豺狼远，心随鱼鸟闲。

吾甘老此境，无暇事机关。

诗作者是北宋早期的文人苏舜钦，其诗与梅尧臣齐名，世称"苏梅"。这沧浪亭，便是苏舜钦花钱构筑的私家园林。国内所存古诗人的宅邸而擅园林之胜的，一是成都的杜甫草堂，二是苏州的这一处沧浪亭。杜甫草堂现在的规模，已远不是当年杜甫的蜗居了，是后人为纪念诗圣而不断经营的结果。而沧浪亭一经建成便有园林的格局，这从苏舜钦的诗文中可以印证。

当今之世，诗人是贫穷的一群。古诗人的日子好过一些，因为他们并不把写诗作为职业。他们多半都是官员，有固定的俸禄。所以，古诗人中，虽然有杜甫、杜荀鹤这样的贫穷者，不过大部分诗人，都过着赏花吟月的贵族生活。但是，能够建造私家园林者，却又是屈指可数的了。

那么，苏舜钦究竟是在怎样的一种情况下，能够建造起这座沧浪亭呢？

二

苏舜钦，字子美，四川中江县人，曾祖苏协随孟蜀降宋后，授光禄寺丞，知开封府兵曹事，举家便迁到了开封。祖父苏易简，父苏耆，皆进士出身的官员。也都是名噪一时的文人，都有文集刊世。开封乃宋朝的首都，苏耆当过开封县令。苏舜钦生长在这样一个官宦世家，不知饥馁冻饿为何物。且从小浸淫典籍，浏览书乡，是一个比较典型的贵族子弟。

苏舜钦所处的时代，正处于宋朝的上升期。除西夏的入侵使西北边境屡有战事外，国内基本稳定。但朝廷内革新与守旧两派的斗争，却须臾没有停息。苏舜钦22岁因父荫入仕，当了一个太庙斋郎的小官。当年，因玉清宫毁于大火，皇上想修复，苏舜钦便向当朝的仁宗皇帝献上了一篇《火疏》，反对修复。内中有这样一段：

> 楼观万叠，数刻而尽，诚非慢于御备，乃上天之深戒也。陛下当降服减膳，避正寝，责躬罪己，下哀痛之诏，罢非业之作，拯失职之民。在辅弼，无裨国体者去之；居左右，窃弄权威者去之。精心念政刑之失，虚怀收刍荛之言。庶几变灾以答天意。

22岁，从今人的角度看，还是一个乳臭未干的毛孩子，可是偏偏不知天高地厚，竟敢教训起皇帝来。这种"好为帝者师"的举动，一方面说明苏舜钦的幼稚无知，一味恃才傲物，只想出风头，而不知人情的凶险；另一方面说明当时的士风还算健康，君臣之间的关系也还比较宽松。不然，这样高标准的"毒草"是绝对不可能出笼的。即便出笼，其下场之悲惨也是可以预料的。苏舜钦没有因为这篇《火疏》受到任何打击，五年后，他反而顺利地考中进士。说明仁宗当时的政治还算清明。

兹后，苏舜钦还给皇帝上过《乞纳谏书》和《诣匦疏》。文笔更加疏狂，批评的口气也更加严厉。特别是后一疏，甚至指名道姓批评一些皇上跟前的近臣，尸位素餐，虚庸邪谄。皇上一天到晚和艺人混在一起，歌舞享乐，心志荒荡，政事不亲。这样的批评，不要说用在皇帝与辅臣身上，就是一般的人，恐怕也很难接受。

写《诣匦疏》时，苏舜钦已经 31 岁了。居丧期刚满回到开封。如果说九年前写《火疏》，是因为年轻而不谙世事，那么现在则说明他的性格的偏执，也可以说是可爱。疾恶如仇，勇于任事。这种性格有助于艺术的发展，但对于官场，却是一个不和谐音。人情练达即文章，说穿了，这练达即是滑头。说起来虽不好听，但却实用得很。

然而有趣的是，这篇"毒草"抛出后三个月，苏舜钦还照例补了一个长垣知县。十年间上三疏，抨击时政，火药味很浓，但并没有影响他的仕途。这可能给他造成一种错觉，即"造反可以升官"，正义可以战胜邪恶。因此助长了他的狂放性格的发展，以致酿成最终的悲剧。

苏舜钦 23 岁结婚，娶郑氏为妻。五年后郑氏病故，旋即父丧，去官守孝，两年丁忧期满再度入仕。宰相杜衍欣赏他的才华，知道他丧妻，便把女儿嫁给了他。这一来，苏舜钦成了宰相的女婿，更是身价百倍。杜衍与范仲淹是政友，都是朝中的革新派。范仲淹于庆历三年即 1043 年入阁主政任枢密副使，枢密使即杜衍。革新派人物相继掌握朝中大权。第二年，由范仲淹推荐，37 岁的苏舜钦升任集贤校理，监进奏院。由此，苏舜钦进入"高官"的行列。其时他正当盛年，本可以凭借这一崭新的舞台，施展他的政治抱负。谁知由于自己的行为不检，被一直寻机反扑的守旧派抓住把柄，而导致了一场惊心动魄的灾祸。

当时京师的俗例，各衙门春秋赛神，本衙门官员要聚在一起吃喝一顿。这酒饭钱由到会的官员们凑份子。也有的把本衙门的一些破烂清理卖掉，换一些碎钱买一顿吃喝。苏舜钦初当上京官，自然不肯放弃与同僚们相聚一乐的机会。他也让人把本司的一些拆封的废纸卖掉。钱不足，参加宴会的人又各出一些钱来助席。先是请来一班优伶歌舞助饮。喝到高兴时，苏舜钦便命令撤去优伶，让本司的吏员也走开，只留下一帮朋友。这时，苏舜钦召来两名女妓，狎邪宴乐。是夜尽欢而散。

邀饮与狎游，这在宋朝的官场中，本是常事。怎奈苏舜钦是政治漩涡中人。他岳父是当朝宰相，范仲淹和富弼为其副手，三人共理朝政，都是革新派。一些利益受到侵害的守旧派官员，始终在伺机反扑。苏舜钦本是京城名人，所邀饮的十几个朋友，皆一时名士。因此反对派很快就知道了这件事，于是由御史王拱辰、刘元瑜上本皇上，弹奏其事。仁宗皇帝肯定记得这个上《诣匦疏》的苏舜钦，也肯定对他没有好感。于是下令把苏舜钦抓起来，枷掠严讯，让他过了两个月的牢狱生活。结案，判苏舜钦监主自盗，减死一等科断，除官为民。

监主自盗，指的是苏舜钦把公家卖废纸的钱用来招待同僚喝酒。这么一点点事，差点掉了脑袋，可见处罚之严。苏舜钦身居高位，却因为这么一丁点小事被革职为民，这恐怕不能简单地用"欲加之罪，何患无辞"来解释。这可能既有政治斗争的原因，也说明宋朝吏治之严。如果法律上无章可循，卖废纸也绝不会定下一个"监主自盗"的罪名。至于这法律实施的普遍程度，则又是另外一回事了。

庆历四年（1044）的秋天，宋朝首都开封发生的最大事件，莫过于苏舜钦一案了。这一顿酒，不仅使他的命运发生逆转，从此离开宦海，一蹶不振，更使得改革集团受到重挫，蓄势待发的改革力量顷刻间几乎崩溃。史载"同会者十余皆连坐斥退，名士一时俱空"。这些名士，都是改革派的重要人物。到了第二年正月，改革派的三个领军人物俱被贬出京城，杜衍知兖州，范仲淹知汾州，富弼知郓州。此事的始作俑者王拱辰与刘元瑜相庆说"为我一网打尽矣！"

历史，留下了一段不可修复的遗恨。

<h2 align="center">三</h2>

　　春风奈何别，一棹逐惊波。
　　去国丹心折，流年白发多。
　　脱身离网罟，含笑入烟萝。
　　穷达皆常事，难忘对酒歌。

这首《离京后作》，是苏舜钦在庆历五年（1045）春离开开封南下吴中的旅途中写下的。表述了他劫难后的痛苦心情和有些勉强的自我安慰。两个月的牢狱生活，使他开始冷静下来。在狱中，他只写过一首诗。他的一贯昂扬的情绪急转直下，变得颓废了。

诗是这样写的：

　　自嗟疏野性，不晓世途艰。
　　仰首羡飞鸟，冥心思故山。
　　刚来投密网，谁复为鞏颜。
　　寄语高安素，今思日往还。

——《诏狱中怀蓝田高先生》

大凡少年得志者，没有坎坷生活的经历，一旦遇到劫难，由于缺乏经验和心理承受能力，骤然间便会不知所措。由豪气干云到万念俱灰，由心存社稷到情寄田园，这种变化应在情理之中。

　　离开气象森严的京城，行船在草长莺飞的江南，对于疗治心灵的创伤，大有裨益。一路行来，下淮亭，上寿阳，过泗水，宿丹阳，面对娇红嫩碧，霏霏烟雨，苏舜钦的心情好多了。一个多月的行程，他写了十几首诗。对于创作态度比较严谨的他，这数量已是相当可观。诗中渗透了挣脱罗网回归自由的那种轻松感。患难见真情。这一趟南行，他的弟弟子履一直陪伴左右。到了苏州，子履要回开封，他写了一首《送子履》：

　　　　一舸风前五两飞，南迁今去别慈闱。
　　　　人生多难古如此，吾道能全世所稀。
　　　　幸有江山聊助思，莫随鱼鸟便忘归。
　　　　君亲恩大须营报，学取三春寸草微。

　　诗是写给弟弟的，但感情所系，却在高堂老母。忠臣既不能做，则孝子万万不可不当。他提醒自己，不可贪恋江南的鱼鸟，而忘却自己的人子之义。他还想回去侍奉住在京城的白发母亲。

　　但是，诗归诗。苏舜钦此次南迁，一直到死，再也没有回到既令他梦魂牵绕，又让他黯然神伤的京城。

四

史载:"(苏舜钦庆历五年)四月,来吴中,始居回车院,盛夏蒸煨,不能出气,乃以四万钱购郡学旁弃地,吴越时钱氏近戚中吴节度使孙承佑之旧馆也。茸为园。"

这园,就是沧浪亭。

孙氏旧馆历经百年风雨,早已沦为弃地。苏舜钦花四万钱买下,再购置花、木、砖、石,造一座私家园林。从此隐居于此,读书注《易》,吟诗会友,过了几年相对安定的生活。

蒙难之前,苏舜钦到过苏州,曾感叹"无穷好景无缘住,旅棹区区暮亦行"。他现在终于可以在这里颐养天年了。购地的当年,从建园邸到搬进去住下来,只不过半年时间。从这一点看,最早的沧浪亭,绝没有今日这么宏大的规模。建亭之时,苏舜钦正在落魄之中,不可能有人为其助建。四代为官,苏舜钦的家底应该还是殷实的,但毕竟不是巨富,所以不可能大兴土木。从他自撰的《沧浪亭记》来看,他仅仅只是修筑了一个亭子。至于竹、水、丘、林,则是孙氏旧馆的弃物,略加修茸即可。

初到苏州时,苏舜钦的情绪并不稳定,他甚至想离开吴中北归,有他的《秋怀》诗为证:

> 年华冉冉催人老,风物萧萧又变秋。
> 家在凤凰城阙下,江山何事苦相留。

这是他当年秋天登苏州城的阊门而作，题在城门的墙壁上。在诗旁，他又书了一行小字："江山留人也？人留江山也？"江山留人而赵宋的社稷不留。在37岁的盛年，他不得不过起"狎鸥翁"的闲士生活。对于一个以天下为己任的诗人来说，这该是多么大的折磨。他的岳父杜衍，虽然也在谪任之所，但毕竟是一个风雨不惊的官场老手。这位卸任宰相，从远在北方的兖州寄诗来安慰沉沦在颓废中不能自拔的女婿。苏舜钦回答岳父："易毁唯迁客，难谙是俗情。愁多怯秋夜，病久厌人生。"他仍在絮叨自己的愁和病。从这一点看，他只能当一名易感的诗人，他缺乏政治家的那种从容和忍耐。

好在苏州是一个最适合于文人居住的地方，好在沧浪亭及时建造起来，苏舜钦受伤的心得到暂时的慰藉。在其文集中，诗题冠以沧浪亭者，大约有六首，第一首是《沧浪亭怀贯之》：

> 沧浪独步亦无惊，聊上危台四望中。
> 秋色入林红黯淡，日光穿竹翠玲珑。
> 酒徒飘落风前燕，诗社凋零霜后桐。
> 君又暂来还径往，醉吟谁复伴衰翁。

由于苏舜钦的才华和特殊的地位，在京城时，他成了交际的中心，每日呼朋引类，名士往来，有酒有歌，有诗有舞。比起开封来，苏州虽然也是吴侬软语的富贵之乡，但毕竟淡泊得多。而且，更重要的，他不再处在社交的中心位置，已经丧失了官场酬酢的优越感。所以，当老友贯之前来看望他，令他激动不已。贯之走后，他便有了这首伤感的诗。38岁的苏舜钦，已经从心理上称自己是一个"衰翁"了。

除了从书信上，他还保持与欧阳修、范仲淹、滕子京、梅尧臣等一帮旧友的联系外，在苏州，他的新交，则多半是吴中的文士或出家人，他们在一起吟诗唱和，研究书艺，品味琴韵，或探讨佛道玄旨。除诗文外，苏舜钦还擅书法，善弹琴，作为文人的看家本领，他似乎一样不缺。虽然官场中人都害怕同他往来，但一般的文人士子，都还仰慕他的名声，而乐得与他交往。他与这一帮地方上的名士在一起诗酒流连，渐渐地也就忘了开封的旧事。

这时，他在开封时的好友，尚在官场的韩维，来信指责他"世居京师，而去离都下，隔绝亲友"。他回了一信为自己辩护。这封信在他的文集和宋史《苏舜钦传》中皆有载，只是两者有些出入，但大致相似：即困居吴中，是不得已而为之。至于目前的生活，他在信中说："……耳目清旷，不设机关以待人，心安闲而体舒放；三商而眠，高春而起，静院明窗之下，罗列图史琴樽，以自愉悦；逾月不迹公门，有兴则泛小舟出盘闾，吟啸览古于江山之间；渚茶野酿，足以消忧；莼鲈稻蟹，足以适口；又多高僧隐君子，佛庙胜绝；家有园林，珍花奇石，曲池高台，鱼鸟留连，不觉日暮。"

这是一个十足的闲人。由于"迹与豺狼远"而"不设机关"，苏舜钦渐渐习惯了这种与官场无涉的文人生活，从文中还约略可以推测，住进沧浪亭后，苏舜钦一直没有停止扩建工作。"珍花奇石，曲池高台"，这些，都是后来添置构筑的。

在沧浪亭住了三年多，到庆历八年（1048）春，由于韩维的上书，

160

苏舜钦复官为湖州长史。但他并没有到任，这年的 12 月，他病逝于沧浪亭中，年仅 41 岁。

五

苏舜钦少年得志，中年置身于权力的漩涡，是仁宗一朝名倾朝野的诗人，但他在政治上并无建树。虽然他热衷于改革，抨击时政不遗余力，但因不拘小节而引祸致身。在中国古代，由诗人而入官者，像韩愈、柳宗元、白居易、欧阳修、苏东坡等，身后留名，不是因为政绩，而是诗章。当然也有例外，像高适、晏殊、王安石、范仲淹，生前就已政声卓著。清谈误国，不幸的是，清谈恰恰是中国文人的通病。把文人习气带到官场，这官肯定就做不好。

今天，客观地评价苏舜钦，他在历史上最大的功绩，莫过于修了一座沧浪亭。他死后，沧浪亭屡易其主。宋绍兴初年，沧浪亭为抗金名将韩世忠所得，改为"韩园"，进行了一次大规模的扩建。元代废为僧居。到了清康熙年间，宋荦任吴中巡抚，寻访苏氏遗迹，已是灰飞烟灭。于是再度倡导重修。兹后又屡毁屡修。现在的沧浪亭，是清同治十二年（1873）苏州巡抚张树声修筑的。

徘徊在沧浪亭中，我感叹苏舜钦的不幸。同时，又庆幸他终于觅得沧浪亭这一块宝地以寄托晚年的孤踪。苏舜钦写的《沧浪亭记》，如今尚刻在沧浪亭大门内的碑石厅内。驻足其下，我品味以下这一段：

……形骸既适则神不烦，观听无邪则道以明，返思向之汩汩荣辱之场，日与锱铢利害相磨戛，隔此真趣，不亦鄙哉！

从中可以看出，苏舜钦在沧浪亭，找到了自己人生的位置。他不适合官场，他无法适应那种尔虞我诈的权力斗争。可惜他醒悟得太迟。

1997 年 10 月 9 日于明禅堂

访洛阳白园

从牡丹大家族中数以千计的国色天香，我认识了洛阳。一座风流妩媚之城。历千年兵燹、百回战劫而不毁灭的那些锦绣之根，现在更是春笋般苗起，轰轰烈烈地撒娇吐艳。一年一度的牡丹花会，吸引了万国衣冠。

从"风回铁马响云间"的齐云塔，从花龙透雕、古柏森森的白马寺，从造像十万余尊的龙门石窟，我认识了一个坐在莲花座上的洛阳。这洞天佛地之城，有多少花宫梵寺。三千世界的高僧驻锡于此，意将辚辚的战车旋成常转的法轮，把咽下的黄河涛声吐成伽蓝的暮鼓晨钟。

从邙山大冢认识帝王将相之城，从升仙太子碑认识出神入化之城。侠骨剑气之城，倚在关林仪门前的铁狮子肩上；兽形怪物之城，幽禁在王城公园内的西汉壁画墓中。盘桓几日，洛阳如历史的万花筒，让我目不暇接。喜欢清静的我，来此竟不得做猿鹤之梦。为了要在这文化沃野的中州找到我的情结，找到一个儒雅淡泊的洛阳，因此我来香山。

香山在洛阳城南十几千米，隔着清清伊河，与西山的龙门石窟比肩而立。与西山相比，这里的游客少得多了，及顶上到琵琶峰的，则少之又少。

琵琶峰是唐代大诗人白居易的墓地。沿琵琶峰以下的香山一角，围墙圈禁，辟为白园。

香山本是龙门东山，因地产香葛，故名。北魏朝廷在西山大凿窟龛的时候，东山也随着建起一座规模巨大的香山寺。临山起屋，依山凿佛，一时间，东出五色渥彩，胜景辉煌。洛阳城中的钟鸣鼎食之家，那年月，莫不争当香山寺的施主。

锋镝洞穿了富贵之梦。到了唐初，香山寺已钟磬寥寥，残破不堪。武则天执政后，采纳武三思建议，重修香山寺，东山又一度天花乱坠，香火旺盛。再过一个世纪多，等白居易来到洛阳接任河南尹，香山寺又因风流云散，年久失修而门可罗雀。对这一块鱼龙寂寞的山水，白居易可谓是一见钟情。他拿出为老友元稹写墓志铭所得的六七十万金，开始他三修香山寺的壮举。至此，东山的游踪才少了一些显赫的王气，多了一些飘逸的灵气。香山寺第三次的佛界，为诗人而开！

佛界里的尘心，是白居易的；尘心里的佛界，是诗人永恒的理想。自号香山居士的白居易，从凝滞着幽怨琵琶声的浔阳古渡，从落红委地、香消玉殒的马嵬坡前，从卖炭翁蹒跚而去的泥泞的官道，从新丰折臂翁四壁萧然的破屋，他寻寻觅觅，才终于找到这座香山。这位鸡肤老人，从此隐居于此，遗嘱葬于此，灵魄永栖于此。

自古的中国，通邑大都、繁华市井莫不属于王侯，属于将相，属于公卿大贵，属于风流巨贾。而深山老林、远浦孤村则为头陀、为道人、为哲人、为诗人而生。城市的精气塑铸一尊又一尊铜驼，山川的灵气涵养一颗又一颗真诚的心。

如今，在王气氤氲的九朝古都，在这香山，那颗真诚的心，越过迢递时空、烟尘四合的历史，贴近我的胸腔。两颗心在同一种节律中搏动起来，他的和我的。我想，所有的诗人，不仅仅是诗人，应该说所有的中国的仁人志士，来这里，心都会跳动在一起。因为他们从古到今，从今天到未来，都有着一脉相继的真诚。

白诗人，我想你不会哀叹，说你的墓园比起洛阳城下的关陵过于寒酸。如果说关将军的陵丘算是死后一抔土，你的陵墓当然只能说是一撮微尘了。一支狼毫比起一把青龙偃月的大刀，在中国重门深禁的历史中，毕竟分量太轻太轻。我想你也不会生气，说你园中的牡丹太少，而且，对着你墓冢盛开的牡丹，也没有珍奇的品种。谁叫你当年那么忧伤地写着"一丛深色花，十户中人赋"呢？深色花是大富贵，大富贵从来与诗人无缘。

站在这里，和四月的艳阳一道，和自魏晋就堆在那里的乱云，自唐宋就一直纤瘦却还不至于衰竭的伊河的水声一道，对着你的墓碑肃立。远处嵩峰的烟雾，如青绡一袭，束着故国河山，也束着我的怅望千秋的思绪。我不是天涯沦落人，但同你一样，天不赐我操刀之手，却掷我一支忧患之笔。我们同是化民间疾苦为笔底波澜的饶舌者，只是我不能像你一样归隐，我的心尚热，我的血不会冷。

白诗人，是谁把你的陵园修葺成一面琵琶的形状？嘈嘈的大弦在哪里？切切的细弦在哪里？无声的肃立中，我想听铁骑突兀，我想听珠玉相撞，我想突然听到裂帛一样的心音。我终于失望，攥出汗来的手心里，只有寂寞孵出。走了的白诗人，你是不肯回来的。你只把一大把没有写尽的忧患留给我，留给我们这些后来者，只把这春雨秋风的白园留给洛阳。

走出白园，回望琵琶峰，不知怎的，我觉得它更像一方古砚。聚五岳的松烟为墨，磨黄河的浪，在那古砚里，研出民族的浓汁来。我想，蘸这样的浓汁写出的诗篇，必定可以惊天地，泣鬼神。

问花笑谁

昆明昙华寺的院子里，两殿门上，各有一块匾，前匾是：听鸟说甚；后匾是：问花笑谁。两匾相对，正好组成一副绝妙的对联：

听鸟说甚
问花笑谁

站在花木扶疏的院子里，把这副联轻轻吟诵了几遍，富有诗趣的佛家情怀便油然而生了。

花与鸟，这是春天的一对伴侣。江南三月，莺飞草长，那是多么蓬勃的生气。古代的诗人们，多以鸟与花对举，来歌咏明媚的春天。我17岁时，也曾写过这样的诗句："山高花上树，天窄鸟扶云。"我想，热爱生活的人，大概没有不喜欢花与鸟的吧？"落花人独立，微雨燕双飞。"这绝妙的一联，为我们营造了一幅多么好的美人怀归图。其实，它又何尝不是含蕴着深深的禅意呢？

关于花与鸟，《五灯会元》中记载了两则典故：

世尊于灵山会上，拈花示众。是时众皆默然，唯迦叶尊者破颜微笑。世尊曰："吾有正法眼藏，涅槃妙心，实相无相，微妙法门，不立文字，教外别传，付嘱摩诃迦叶。"

师（百丈怀海）侍马祖行次，见一群野鸭飞过。祖曰："是什么？"

师曰："野鸭子。"祖曰："什么去也？"师曰："飞过去也。"祖遂把师鼻扭，负痛失声。祖曰："又道飞过去也。"

师于言下有省。

摩诃迦叶，被公认为禅宗初祖。释迦牟尼拈花示众，众皆默然，唯有迦叶破颜微笑，释迦牟尼便认为他开悟了，于是把禅宗大法传给了迦叶。

百丈怀海是中国禅宗史上一位光辉的人物。得到禅宗六祖慧能衣钵真传的马祖道一是他的师父。当他如实地回答师父的提问，说野鸭子飞过了头顶时，却被师父使劲地扭住鼻子，以致痛得嗷嗷大叫。但是，当师父怒斥他："又道飞过去也。"他的心中顿时划过了一道明炽的闪电，他开悟了。

拈花一笑，迦叶明白了佛法的妙谛；被扭痛了鼻子的百丈怀海，竟然获得了禅的奥义。这在常人看来，简直是不可思议的事。这只能说明，常人与禅师之间，的确存在着思维上的鸿沟。我们常人，从小就受到严格的逻辑思维的训练。冷了就要穿棉衣，病了就要吃药。这看来很平常的生活上的道理，其实也会引起我们逻辑上的判断。由冷想到棉衣，由病想到药，这就是逻辑的推理过程。而得道的禅师，首先要走出的，便是这逻辑的藩篱。将人心从二元思维的陷阱中拯救出来，回到"一心"，回到空，回到如如不动的佛陀境界。我之所以说回到而不是找到，乃是因为每一个婴儿本来就是在佛陀境界中，自从他呱呱坠地，随着意识与语言的产生，他便离开了佛陀境界。人为为伪，人弗为佛。伪与佛，用《心经》来解释，伪是色，佛是空。色不异空，色即是空，空即是色。这即是化二元为一心，弃经验而入禅的关键所在。

禅的暗示是普遍存在的。鸟飞鸟唱，花开花落，这些自然界常见的现象，往往也隐藏着巨大的禅机。所谓禅机，即是把复杂的客观世界化为自体的单纯的感觉。用铃木大拙的话说，禅"除自体以外没有其他任何目的"。释迦牟尼拈花，迦叶微笑。花成为迦叶入禅的契机。百丈怀海因为局限于野鸭子飞过头顶的真实性（也就是逻辑性）而被马祖道一扭鼻子。这群野鸭子，终于把百丈怀海引进了许多人终身寻觅不到的禅关。在这两则故事中，花与鸟不再是逻辑语言所给定的那两个呆板的概念，而是在漫漫长夜中突然亮起的两盏明灯，给苦苦追求的跋涉者带来了新生的曙光。

前面说过，花开花落，鸟飞鸟唱，它们都那么无拘无束。它们也绝不因为人们的好恶来改变自身的存在。这一点，正是迦叶微笑的理由：禅是生命本来的自由。所以，当我置身在昙华寺的院子里，看到"听鸟说甚，问花笑谁"这两个问句时，我好像突然捕捉到了对生命最细微处的知觉。我更看到伟大的佛陀说出的那四个字："无情说法。"

按禅的知解，无情即是有情。既然禅宗大师们演绎过"法无定法"，"非法非非法"的公案，我们也可以说"情无定情"，"无情无无情"。我们可以无情说法，但决不可以用"无情"来对待鸟的歌声和花的微笑。玫瑰花红得那么鲜艳，可是，它绝不会因为自己的娇媚而去讥笑路边杂草丛中的矢车菊，而矢车菊也绝不会对玫瑰花生出嫉妒之心。阒无人迹的深山，枝柯交复的树林，是鸟的快乐的家园。有一棵树鸟就满足了，它不会像人类那样贪得无厌，为了满足一己私利而不惜互相屠戮。在物欲横流的人的世界里，鸟说什么，花笑什么，似乎并不能引起芸芸众生的注意。但是，花与鸟，都是生活在大慈大悲的佛陀的世界里。我们爱花，我们爱鸟，即使不能获得禅的启示，也可以获得一种爱悯的精神，促使慈悲在我们的心灵深处萌发。

关于花与鸟，历代的禅僧与参禅的诗人们留下不少诗作，以传递他们的开悟，试举几例：

慈受深禅师的诗：

烟笼槛外差差绿，

风撼池中柄柄香。

多谢浣纱人不折，

雨中留得盖鸳鸯。

张无尽的诗：

莲花荷叶共池中，

花叶年年绿间红。

春水涟漪清澈底，
一声啼鸟五更风。

宝峰照禅师的诗：

一口吸尽西江水，
鹧鸪啼在深花里。
自有知音笑点头，
由来不入聋人耳。

王安石的诗：

午鸠鸣春阴，
独卧林壑静。
微云过一雨，
淅沥生晚听。
红绿纷在眼，
流芳与时竞。
有怀无与言，
伫立钟山暝。

戴昺的诗：

幽栖颇喜隔嚣喧，

无客柴门尽日关。

汲水灌花私雨露，

临池叠石幻溪山。

四时有景常能好，

一世无人放得闲。

清坐小亭观众妙，

数声黄鸟绿荫间。

即使不懂禅的人，读这些诗，也会获得花鸟娱人的至美感受。若要细细地解读这些诗，恐怕又要占去更多的篇幅。但我相信，细心的读者阅读这些诗时，一定会走出烦恼的阴影，甚至赤足走向花开鸟鸣的深山。

不过，关于花与鸟的诗，我认为字字渗透了禅机，应该是王维的《鸟鸣涧》：

人闲桂花落，

夜静春山空。

月出惊山鸟，

时鸣春涧中。

在这春月空蒙的晚上，人、山、花融为了一体，让人进入"色不异空，空不异色"的菩提境界。这时，忽然有山鸟惊起，三声两声，在春涧中幽鸣。这山鸟，其实就是诗人跃动的禅心。由此可见，禅并不是枯寂的，而是活泼的、新鲜的，是流布于天地间的一股精气。

于是，我明白鸟在说什么，花为什么笑了。

1997 年 2 月 4 日写于武汉梨园书屋

鸟与僧

读唐诗，发觉一个奇怪的现象，许多诗篇，都把鸟与僧对举，试举几例：

> 贾岛：鸟宿池边树，僧敲月下门。
> 姚合：露寒僧梵出，林静鸟巢疏。
> 杜荀鹤：沙鸟多翘足，岩僧半露肩。
> 陆龟蒙：烟径水涯多好鸟，竹床蒲椅但高僧。
> 司空曙：讲席旧逢山鸟至，梵经初向竺僧求。

隋唐五代，是中国佛教的鼎盛时期，亦是中国特色的佛教——禅宗被广大士人欣然接受的时代。如此情形，诗人们创作不可能不顾及宗教领域。但诗人们为何偏偏选择鸟而不选择花、雪或别的什么来作为僧的对应物呢？要弄清这个问题，不得不对唐代的宗教做一点说明。

僧，作为一种宗教职业，在唐代，已是一支非常庞大的队伍。那时候，全民敬佛，与当今中国的全民经商，在声势上，庶几近之。那时候僧人在老百姓中受到尊重的程度，不亚于今天的经理老板们。不同的是，经理老板们受到尊重，是因为他们有钱；而僧人在一千多年前受到尊重，是因为他们都是高蹈之士，手中握有通向极乐世界的通行证。那时候，想去天国的人，就像今天那些想得到美国绿卡的人一样多。对于持有这种发卡权力的人，人们怎能不顶礼膜拜？

这样就决定了僧人的身份。

可以说，佛教一度成了唐代中国的国教。皇帝老儿崇尚佛教，是想把佛教势力网罗到政治权势之下，成为稳定统治的一种手段。在这种情况下，出家当和尚，自然也就成了一种沽名钓誉的手段。那时的确有不少所谓的"名僧"，并不把隐居山林、礼佛诵经看成是分内事。他们更热衷于结交权贵，出入雕梁画栋，把违悖佛理的权名交易看成是赏心乐事。

佛的产生，是以否定世俗生活作为前提。僧人作为抗拒诱惑的职业，必定应该弃闹市而进山林，从纷扰逃向孤独。这一点，正好吻合了力图保持自己独立人格而不肯趋炎附势的这一部分文人的心境。他们羡慕山林中的僧所占据的自在无为的生命空间，在这个空间里，可以自由地开掘人类伟大神秘的生存意识。诗人们把这种自在生存的渴望诉诸情感，于是，真正的僧（而非沽名钓誉的伪僧）就成了他们歌咏的对象。

至于把鸟作为僧的对应物，我猜度是这样的原因：

在文人的眼中，鸟是最自由的。它可以随心所欲地支配自己。何时歌唱，何时敛翅于一棵树上，都不必看别人的眼色。大概芸芸众生中，只有僧在这一点上与鸟相似。

其次，僧居山林，鸟亦居山林。僧是山林的迁居者，而鸟却是山林的土著。与鸟为邻的人，必定是闭门避俗的世外高人。空山不见人，但闻鸟语响。可见，鸟的天空是在人迹罕至的空山。那地方没有声色犬马，没有雕梁画栋，没有喧嚣市声，没有巧笑倩兮、美目盼兮的尤物。住在那儿修行的僧人，他的邻居只有两个：一个是鸟，一个是孤独。

明白了这个道理，我们就能理解为什么唐代诗人要把鸟与僧对举了。鸟与僧，实乃是红尘外的一对朋友。

去普陀山烧香

因缘而起：去普陀山烧香

上午 10 时，乘巴士从上海十六铺码头出发，约两小时车程，抵南汇县芦荡码头。再换乘梅岭号快船，于下午一时起航去普陀山。

普陀山是浙江省舟山群岛中的一个小岛，位于杭州湾以东约 100 海里的莲花洋中。它是观音菩萨的道场，中国的四大佛教名山之一。

大乘佛教的诸位菩萨，在我们中国名气最大的，大概非观音莫属了。在老百姓中，佛教就是观音，观音就是佛教。或者说，人们是因为观音才信奉佛教的。

观音菩萨，本称观世音。在唐代因避唐太宗李世民名讳，去掉世字而称观音。这个名字的由来，《法藏经》中有记载："苦恼众生，一心称名，菩萨即时观其声，皆得解脱，以是名观世音。"观音菩萨既是主张"随类化度"的，因而得到了"大慈大悲救苦救难观世音菩萨"的称号。大约中国人经受的苦难太多，浊浊人世中的慈悲心又少得可怜，于是，总是保持一种紧张和惊恐心理的人们，便不得不对大慈大悲救苦救难的观世音菩萨顶礼膜拜了。在佛教，这就叫"因缘而起"。

1989 年后，我开始了对佛教禅宗的研究。其旨在探访生命的本性。虽然，我对佛与菩萨不存敬畏之心，却依然发愿要游遍禅家的名寺和中国的四大佛教名山。

这次的海天佛国之游，原也是计划了好久的，前两天，正好两位商界朋友因公司的业务从深圳飞来上海，于是我邀他们同行，一起游一趟普陀山。

船在舟山群岛中穿行，海水浑黄，不愧有黄海之称。五时许，从甲板眺望，但见海右浮出一山，恍若欲散还凝的青雾。青雾中偶尔露出几角飞檐。船上的广播这时通知游客：普陀山到了。

船客开始熙攘。我的心情，像是看到了不该看到的禁忌，竟也产生了些许激动。记得袁中郎写给外祖父的家报中，有如下的陈述：

> 天下奇人聚京师者，儿已得遍观。大约趋利者如沙，趋
> 名者如砾，趋性命者如夜光明月，千百人中，仅得一二人，
> 一二人中，仅得一二分而已矣。

这里，袁中郎把所谓的"天下奇人"大大地贬斥了一遍。芸芸众生，趋利赴名者太多。趋性命者却是微乎其微。而且，这微乎其微者中，挂羊头卖狗肉者，又是大有人在。四百年前袁中郎见到的情形如此，四百年后的我见到的情形亦复如此。

在这里忽然发出这么一通议论，读者一定会摸不着头脑。其实我是看到满船的香客而突生的感慨。据说，观音菩萨有求必应。每天，大约总有六只船的香客从上海、宁波、杭州等地来到普陀山。一人一

求，千人千求，万人万求，不知观音菩萨如何一个应法？而且，这个千求万求中，恐怕夹杂了太多的非分之求，这些，观音菩萨也能一概满足么？

《金刚经》以我、人、众生、寿者四相为非为妄，认为超脱一切诸相，才有佛性。以此为标准，眼前的众多香客，的确不是为了拯救自己的灵魂而来敬佛的。恰恰相反，他们想借助观音菩萨的法力来满足自心的"业"障。这些名义上的"趋性命者"，其生命的视野是多么狭窄啊！

普陀山之旅。一开头，我的心中就落下了这么一片阴影。

风景即禅：慧济禅寺中的机锋

（上）

从我们入住的息耒小庄出发，波罗乃兹小轿车沿着后山的盘山公路爬坡而去。我们旅游的第一站，是去佛顶山的慧济禅寺。

佛顶山又称菩萨顶，最早的名字叫白华山。"小白花"亦是梵语观世音的意译。可见这普陀山最高峰的名字，是观世音道场创建以后取下的。先前的俗名，却是泯不可考了。

佛顶山海拔 283 米，为全岛的制高点。与大陆的崇山峻岭比，青丘一撮而已。然浮在一碧万顷的汪洋之中，却又是难得的雄伟了。

去佛顶山的路有二：一是从法雨禅寺右边的山路拾级而上，途经香云亭、海天佛国石刻而玉佛顶。山路逶迤陡峭，有石阶 1088 级。

二是从后山修筑的公路上去，约 20 分钟车程即到。

还在昨天下船时，我们就订好了这辆的士。东欧的波罗乃兹本来就属于"艰苦朴素"一类货色，更何况这辆车已破旧不堪，坐上去毫无舒服可言。但是，开这辆车的司机，被人喊作"小和尚"的人告诉我们：普陀山总共只有四辆的士，一辆坏了，一辆违章被扣，只剩下两辆营运，我们租下的这辆，车况还算好的。如此说，我们还是有福的人。山中有不少短途运输的中巴，我们之所以要包租一辆的士，其意一是节省时间，二是免受腿脚的劳累。我和两位朋友，虽然有礼佛的虔诚，却也是懒人几个。租车一天外带负责购买返程船票的佣金，我们要付给"小和尚"800 元人民币，价码实在不低。

关于佛顶山的慧济禅寺，明朝著有《檀燕山人集》的徐如翰写过七律一首：

> 缘岩度壑各担簦，翠谷奇环赏不胜。
> 竹内鸣泉传梵语，松间剩海露金绳。
> 山当曲处皆藏寺，路欲穷时又遇僧。
> 更笑呼童扶两胁，朔风直上最高层。

虽然，对波罗乃兹这辆老爷车我们怨气冲天，但万历年间的那位徐先生却是连做梦都不敢奢望坐它。他的诗，写的是从前攀爬佛顶山沿途的所见和感受。坐在车上的我们，可以想见他的藏在气喘吁吁中的乐趣，但他却是无法体验我们这种"跃上葱茏四百旋"的飘逸。

面对赭黄的禅寺之前，首先，我们面对了鲜绿的风光。

上山的公路宽阔洁净，弯拐甚多。车右侧是因修路而被劈斩的石崖，丝丝缕缕的藤蔓和星星点点的苔藓摇曳其间，点缀其上，使凝重的古铜色中充满祥和的春意；车左侧是忽远忽近的大海，风推来海水的潮涌，一叠一叠的碧绿，一俟吻抵银白的沙滩，立刻，碧浪变成了雪涛。"雪涛怒击玲珑石，洗净人间丝竹音"，这是郁达夫游普陀写下的诗句，我想，他是看到同样的景色了。雪涛越过沙滩，撞上岛脚的乱石，吼声化作晶莹的水珠四溅。然后，又悠悠然回到海中，白又变成了绿，又扑上沙滩、又退回去；就这么绿一回、白一回，又绿一回、又白一回地做着色彩的游戏。

车窗前方的山头，也都被葱绿苍翠的树木遮蔽，看这肥肥的绿，好像它们从未受过台风之苦。在雪浪扑过沙滩的一刹那，你会看到一种奇异的景色：一圈透迤的精致的银色，轻束起一蓬仿佛正在膨胀着的翠绿，银圈外的大海，在五月初阳的照射下，一忽儿是高超的油画大师才能调得出的那种青色，一忽儿又是那种春到深处才能产生的苍碧。

"呀，这景色真美！"我禁不住失声赞叹。

"你是拜佛还是看风景？"朋友甲调侃地问我。

我回答："佛也拜，风景也看。"

一向对佛教感兴趣的朋友乙插话说："佛就是风景。"

"风景即禅。"我趁机发挥。

"禅即空。"朋友乙应对。

"空是最美。"

"最美是风景。"

"怎么，你们说起绕口令来了？"

显然，朋友甲对我与朋友乙的对口词所取的态度仍是调侃。他是游戏人生一类的人物，在商业竞争中有着敏锐的感觉，但在他看来无用的事情上却是不肯花费脑筋的。

我和朋友乙相视一笑。

"小和尚"这时把车刹住，指着几丈远的一座山门说："从那里进去就是慧济寺，你们进去烧香，半小时足够了，我在这里等你们。"

（下）

汉白玉的山门上高悬"佛顶山"三字，却不见慧济寺在哪儿。走过一段林荫相拥的香道，拐两个弯，又有一道禅门相迎，淡青色的香烟从门内飘出，想必，门内书有硕大一个"佛"字的照壁后面，就是慧济寺了。

慧济禅寺，又名佛顶山寺。原来只是一座石头亭子，供了一尊佛。明代的一位名叫圆慧的小和尚，每日从所住的悦岭庵上到佛顶山砍柴，看到这里的风水不错，遂发愿改亭为庵，名为慧济庵。到了清乾隆五十八年（1793），僧人能积又扩庵为寺。20世纪初，僧人文质再度扩建，并请得《大藏经》，遂称巨刹。与灵鹫峰下的普济寺、光熙峰下的法雨寺，并称为普陀山的三大古刹。

慧济禅寺建在山顶稍凹的平地上，团转青岩，深碧呵护。从山顶下视，但见苍苍茫茫、参参差差的一片青灰的瓦脊，仿佛有许多神秘掩抑其中。置高而不显其峻，立危而能显其幽，寺建于此，的确是选了一块"风水宝地"。

普陀全山都是观音菩萨的道场,这慧济禅寺的大雄宝殿中,供奉的却是释迦牟尼佛像。这在普陀山算是一个唯独的例外了。不过,释迦牟尼为佛教创始人,把他的塑像供奉在普陀山的最高处,想必观音也不会去争这个位置。

借了租车之便,我们上山早。慧济禅寺里的游人还不多。一般来说,来佛寺的游人都兼了香客的身份。进了庙,首先必得给菩萨敬一炷香,在蒲团上磕几个头。这是礼佛必不可少的程序。人多时,免不了要在蒲团前排队。

为了方便香客,普陀山每座禅寺中,都设了法物流通处,实际上就是小卖部。慧济禅寺的法物流通处,就在大雄宝殿的旁边。

"买香吧?"朋友甲问。

"当然要买。"我回答。

朋友甲于是掏钱,要卖香的老和尚多拿几把来。朋友乙拦住他说:"买香要各买各的,否则敬佛心不诚。"

"谁说的?"

"听人说的。"

于是,我们各掏各的钱,五块钱一把的香,一人买了三把。

然后就是去铜炉里备好的蜡烛前点香。看别的香客,都是从一把香中抽出几支来点,而为了表示心诚的我们,竟一次点燃了三把。

九大把香,插满了香炉。

接着就是走进大雄宝殿,朋友和我依次跪在蒲团上,向释迦牟尼进行真正的五体投地的礼拜。

拜毕，各人自然又是很慷慨地往释佛前的功德箱里塞"功德钱"。

"我这是第一次到庙里来磕头。"朋友甲说。

"你呢？"我问朋友乙。

"也是第一次。"

我点点头，明白我的这两位朋友，为什么突然萌生了不能说是虔诚但却是充满诚意的宗教热情。

信佛的人以两种居多，一种是文盲或半文盲，一种则是高智商的人。前者信佛实为迷信，而后者，实乃为了去掉精神世界的"迷妄"，使自己不安定的内心有所安慰和寄托，才拜倒在释氏的脚下。

我的这两位朋友，自然都属于后者。他们都是经济学硕士，用很俗气的说法，我们三人都是高级知识分子。自负地说，我们不用什么人来教导我们什么是人性的迷失，什么是精神的堕落；什么叫"是"，什么叫"非"。我们只是想寻找属于自己的菩提树。

礼佛毕，我们绕殿游览。新翠如烟，香雾如梦；蚊虻绝迹，小鸟喃啾。谛视众多的神像，倾听庄严的佛乐。我问朋友甲："你第一次礼佛，有什么感觉？"

"感到轻松。"朋友甲回答，"做生意，就得去沿海，那里形成了'人民币场'。拜佛还得来这里，这里形成了'宗教场'。置身其中，特别感到轻松。"

朋友甲一再强调轻松，在波诡云谲、尔虞我诈的商场，他的确是太累了。

"你向佛乞求什么？"朋友乙问朋友甲。

"你呢？"朋友甲反问。

"乞求平安。"

"我乞求佛保佑我的财运。"朋友甲直言不讳。

"你已经坐上了奔驰轿车，是个不小的富翁了，还想要钱哪。"

"钱嘛，多多益善。"朋友甲快人快语，"古人说，有恒产才有恒心。一个人没有钱，就谈不上人格独立。没有独立的人格，在这个世界上，你还能做什么呢？"

朋友甲从不读什么佛书，但他通过活的人生的经验而参透了"万相"，故有此把握生命的达观。

与朋友甲相比，朋友乙的身上更多的是静观。这位经常翻读禅书的好好先生问朋友甲：

"你以为菩萨真能保佑你的财运吗？"

"谋事在人，成事在天。人总得找个地方安顿他的理想。"

"禅家的观点是：佛在自心，何必外求？"

"外求是形式，没有形式，这些寺庙、佛像还有什么用处？"

两人虽无意造禅家公案，但其对话，句句都现机锋。兹录于此，以证我们游兴的淋漓和禅心的开启。

走出慧济禅寺的大门，见到等着我们的"小和尚"已露出一脸的焦急。他说："你们在这里玩了50多分钟，这么慢，游普陀山，一天的时间怎么够？"

我们只是笑一笑，钻进了车子。

"僧"心不古：法雨禅寺的龃龉

普陀山的第一大古刹普济禅寺习惯上称为前寺，法雨禅寺是山中的第二大古刹，称为后寺。

法雨寺初名海潮庵，建于明神宗万历八年（1580），14年后由郡守改额海潮寺。万历三十四年（1606）赐额"护国镇海禅寺"。后因海盗袭岛，举火焚之。清康熙二十八年（1689）重修，10年后修成，御笔赐额"天花法雨"，遂改名"法雨禅寺"。

以堪舆家的眼光看，这法雨禅寺的构筑处，不及慧济禅寺的地形纠结，更不及普济禅寺的地气之厚了。从短姑道头前的码头登岸，过海岸牌坊，走上约莫三里长的石板香道，三环九曲，才到可称为普陀山总刹的普济禅寺。该寺近海而不见海，在山而不见山，实在是一处纳气藏风的好寺基。

法雨禅寺不同，它的寺门正对千步沙。千步沙，海滩也。因从寺门至海滩约有千步，故名。进得寺门，但见背倚的光熙峰仿佛弯腰欲下。入门见山，开门见海，高者不隐，平者不藏，前方涤荡无挡，后方靠山挤压，地形如此，精气难以内敛。

我们进寺参观，已是下午两点。寺前建有一座高大的九龙壁，全部青石浮雕，是1987年的新物。翻看资料，得知此处原是一道影壁，上书梵文："唵嘛呢叭咪吽"，意为神力不可思议。后被毁。重建时便把那六字佛咒换成了张牙舞爪的九条青龙。

朋友甲插话："在这里，龙是伪劣商品。"

我做如下解释：这法雨禅寺的主殿圆通殿，是康熙皇帝下旨拆金陵（今南京）一座明代故宫九龙殿，迁到这里来按原样建成的。殿顶有木雕金龙九条，盘旋在高挂的琉璃灯中，组成九龙戏珠立体图。影壁遭毁而以九龙壁代之，大概是为了呼应圆通主殿。另还有一层是我个人的揣测。法雨禅寺既不得地形之利，寺门前散阔无遮，难以蓄气。立此九龙壁一道，既可挡寺中的佛光外泄，又可阻拒大海的野气侵袭。在中国人眼中，龙为神物、至阳，有它镇寺，百邪莫入。

听了我的解释，朋友乙揶揄说："这么说，佛法还是敌不过龙威了。"

"这是两种文化，不好比拟。不过，这儿修一道九龙壁，就像一个人戴着瓜皮帽打领带，的确让人感到不伦不类。"

笑话归笑话，这儿毕竟是普陀山有名的古刹。几百年的兴衰更替，虽经粉饰，仍可在这近万平方米的建筑群中觅到一点影子。佛教的根是"苦"，佛教的果是"空"。法雨禅寺中古木参天。供奉着渔岛观音的圆通殿前有两棵老而弥壮的白果树，一雌一雄，左右对植。另有一桧柏，侧身下弯，仿佛踉跄欲跌。中空，皮剥，剩得树顶一撮墨绿。"老成这个样子，亏得它活。"朋友乙这样感叹。凝视这棵桧柏，我感到生命的庄严。进入 20 世纪以来，人类把自由、民主、人权等与个人生活密切相连的一些概念作为生命之根，以期从中长出枝叶参天的现代文明之树。这个愿望是好的，它使盲目、随意的人类从此有了明智的选择。但可悲的是，人类从来就不是一个统一的概念。它的存在并不是整体的存在。因为利益的冲突、意识的对抗，人类被碎裂成许多不同的集团。它们常为了本集团的利益而以邻为壑，竭尽攻讦之能事，甚至造成生灵涂炭的后果也在所不惜。由于执迷不悟，沉入"虚妄"。

"人类"的罪孽已是积重难返了。世风日下，许多智者不免疑问：生命的意义是什么？人类的出路在哪里？现代文明的树上，为什么结了那么多的痛苦之果？文明发展到一定的阶段，必然导致宗教意识的回归。我并不想夸大宗教的作用，说它可以拯救人类。但至少，宗教是人类追求崇高与纯洁的表现。生活在宗教感情中，可以提升人的生命的质量。像这棵桧柏，虽然老态龙钟，却依然可以看到它的生命力的爆发。它不以挤死别的树木来作为自己生存的条件。它只把根扎在属于自己的这一小块泥土上，这是令人肃穆的庄严的生存方式，是圆通殿前一棵现身说法的"禅"。

我把自己的桧柏之"悟"，说给两位朋友听，他们认为我"悟"得有理，同时又笑我是一个不切实际的理想主义者。

我还在沉思，朋友甲在大白果树底下喊我。他正在和一个拿着扫帚的老人闲聊。

这老人也穿了一袭青色的半旧僧衣。朋友甲对我和朋友乙说："这老人说他是庙里专门负责扫地的，一个月还拿200多块钱的工资。"

"是吗？"我感到奇怪，问老人，"师父，你是何时出家的？"

"我没有出家，"老人一口四川腔，"我是经人介绍，从四川老家来这里当杂工的。"

据佛经记载，释迦牟尼佛最注重扫地，常和弟子们一起打扫园林。他告诫弟子说，扫地的人有五种功德，一者自心清静，二者令他心清静，三者令诸天欢喜，四者植端正义，五者命终之后当生天上。释佛如是说，因此佛家弟子的突出表现就是特别讲究扫地，把它作为修道的主要内容之一。

现在，听说法雨禅寺还专门雇了一个杂工扫地，这倒真是让我大吃一惊。接着，那老人又告诉我们："这里的和尚都拿工资，大和尚的工资可以拿到800多。"

"拿这么多！"朋友甲嚷起来，"干脆，我们到这里来出家算了。"

芸芸众生中，宗教意识越来越浓，而寺庙里的和尚，修行的意识却越来越淡。这真是一个奇怪的现象，我只能在心中哀叹"僧"心不古。

走进圆通殿旁的法物流通处后，这"僧"心的不古，让我们有了更直接的领教。

法物流通处里，坐了两个老僧。我们走进时，里面没有闲人。两个老僧正在闲聊。我看到货架上有一部石印的《华严经》，便请求老僧拿过来看看，老僧充耳不闻。朋友甲于是大声说："喂，师父，请你把那套线装书拿过来看看。"

一老僧横了我们一眼，说："那书不是给你们看的。"

"那是给谁看的？"

"反正不是给你们看的。"

"我们要买嘛。"

"不卖给你们。"

老僧的怠慢，的确叫我们生气。朋友甲同他讲理："你说，为什么不卖给我们？"

老僧态度更为傲慢："你们能把这书背出100个字来，我就卖。"

"你能不能背？"朋友甲问我。他想争回这口气。

我从未背过《华严经》，但若想斗败这个违背出家人行迹的老措大，倒也并不是难事。只是，像他这把年纪，尚如此乖戾，可见传统佛戒的约束力在今天已经有了太多的丧失。

舍身燃指：潮音洞前的沉思

喧嚣一词，并不受爱静者的欢迎。但城市的喧嚣与海的喧嚣却有质的区别。城市的喧嚣是噪音，海的喧嚣是悦人耳目的天籁。现在，我正坐在潮音洞前的礁石上听东海的波涛。面对一碧万顷，我们暂时从宗教的沉重感中解脱出来。这么说，我是把自然与宗教对立了起来，认为宗教是对人的精神的一种束缚，而自然，则可使人情绪松弛，于醒目与惠耳的风景中享受永恒。转而一想，人类创造宗教原也是想摒弃俗世之假、丑、恶，而趋永恒之真、善、美的境界。自然是真、善、美的，所以要"道法自然"。如此说来，自然即宗教，宗教亦自然。

中国的四大佛教名山，唯普陀山是一海岛。若论山势，它没有五台山的雄，峨眉山的秀，九华山的峻。但它也有三山所没有的长处。别处山如涛，此地涛如山，山势不足，大海补之。如果看到莲花洋午潮中涌起的冰山雪巘，与普陀诸峰一起，蔚为簇簇峙立的大观，就会感悟到佛性的庄严原乃存在于永不停止的美丽的流动之中。

"你感觉怎样？"我指着大海问朋友乙。

"感觉不错，"他把眼光投向海洋深处，"但我说不出具体的感觉，我对自然迟钝。"

斯时，朋友甲因公司的业务，回宾馆打电话"遥控"去了。剩下的旅游，就由我和朋友乙来完成。

我理解他的"迟钝"，是最接近禅意的回答。"迟钝"对应"敏锐"，从知性的角度,"敏锐"产生于观察,而后分析,得出结论,这是日积月累的逻辑训练而达到的效果,而"迟钝"正是排斥这种逻辑训练并忽略生活的经验而产生的结局,这恰恰是悟禅者要首先突破的难关。

"我要能像你这样迟钝就好了。"我说。

"活得就不累,是不是?"

"是这样。"

"佛家不是讲空吗?因此脑子应该越空越好。把佛家的这一理论应用于佛家自身,就意味着不要把信佛当成新的精神锁链,平白给自己的心增加负担。我越来越觉得,禅虽然产生于佛教,但禅可以脱离佛教而单独存在。禅是一种生命哲学。"

这是朋友乙在普陀山中说的最有见地的一番话。我没想到他从澳洲留学归来,又在深圳这样的繁华地安家之后,尚能保持心地的纯净。所谓"大隐于朝市",在他身上体现了。

礁石上的小憩,愉快的谈话。我们庆幸为自己的"心智"凿开了一双眼睛,并因此悟到大慈大悲救苦救难的观音菩萨为什么要有千手千眼。一双手只能做一双手的事,一双眼睛只能看到一双眼睛的天地。

潮音洞,相传是唐代日本僧人慧锷捧观音佛像登岸处。慧锷到五台山参禅,请得一尊铜观音,欲返日本供奉。船从宁波出发,至莲花洋突然风浪大作,慧锷便退到潮音洞前上岛。一连几天,风浪不止。慧锷以为菩萨显灵,不肯去日本。于是决定把观音留在岛上供奉。潮音洞近前的渔民张氏便让出自家住宅请进观音,并取名为"不肯去观音院"。此是岛上的第一个佛寺,亦是普陀山成为观音菩萨道场的由来。

我们离开礁石,看过潮音洞后,又来到不肯去观音院敬了三炷高香。该院虽是普陀山观音的开山道场，但依然保持了民家的小小庭院的风格，一点也不给人那种"佛地庄严"的感觉。倒是院外平场上竖立的一块石碑，吸引了我的注意。

这块石碑高约五尺，赫然书有"禁止舍身燃指"六个大字。是明末的旧物。舍身燃指，是皈依佛门的善男信女为表示修行的决心而采取的愚昧行动。

同是明末的绝代散文家张岱，游过普陀山后，曾有如下一段记述：

> ……至大殿，香烟可作五里雾，男女千人鳞次坐。自佛座下，玉殿虎内外，无立足地。是夜多比邱、比邱尼，燃顶燃臂燃指，俗家闺秀亦有效之者。热炙酷烈，惟朗诵经文，以不楚不痛不皱眉为信心、为功德。余谓菩萨慈悲，看人炮烙，以为供养，谁谓大士作如是观？

张岱在普陀山亲睹了"燃顶燃臂燃指"的盛况，亦因此引发了对观音大士的微词。他把善男信女们因自身的愚昧而造成的痛楚归结到观音大士的头上。细究起来，不算公允。

在佛教中，观音是菩萨，在东方文化的大背景下，观音是一尊代表慈悲的偶像。在中国，任何菩萨，甚至如来佛都不能像观音这样深入人心，获得如此众多的信徒。我想，这实乃是因为在俗世风浪中挣扎的人们太渴望"慈悲"了。宗教、民族、爱情是人类的三大精神支柱，哪怕是执着追求其中的一个，就足以让人们赴汤蹈火，虽舍弃生命亦在所不惜。如此说来，在观音大士跟前燃指以示信心，岂不是很正常的事？

　　用唯物论者的眼光看，说舍身燃指者愚昧，并不为过。但从宗教的角度审察，则这愚昧，恰恰又反映了人类真诚的一面。清朝有一个著名的爱国诗僧，叫八指头陀。他就是在佛的跟前，燃掉了两根手指。当然，这两根指头并不完全是献给佛的，其举动中也表明了他的强烈的民族自尊心。我以为，为国家献身、为爱情献身与为宗教献身，从本质上讲是一回事，不能于此评判孰优孰劣，谁愚昧谁明智。

　　我这么说，并不是提倡人们在这佛国中继续舍身燃指，那毕竟是一件痛苦不堪的事。而且，今天的人，早把对理想的献身精神换成了对事业的敬业精神。献身与敬业，都值得嘉许。但前者，更有着傲视历史的英雄气概。

　　我把我的想法告诉朋友乙。他说："敬业之于献身，应该是人类的一大进步。你为你的理想献身，他为他的理想献身，这样势必导致人类不愿意沟通而宁肯互相残杀。我看，献身精神是人类苦难的根源，不值得歌颂。"

　　我承认，他说得有道理。

　　不知不觉，夕阳西下。我们要赶六点钟的晚班船回上海，潮音洞是我们此回游普陀山走马观花最后的一站。"小和尚"开车把我们送往码头。船离岸，渐远。我们站在甲板上回望普陀山，一时都无话可说。

1993 年 8 月于也算斋

廊桥何处不遗梦

美国作家沃勒写的小说《廊桥遗梦》，一出版立即风靡美国，接着就风靡世界。这原本是很简单的事，即一对中年人的婚外恋。为什么引起这么大的轰动呢？道理很简单，它揭示了中年人对感情的渴求。

宋代词人辛弃疾写过一首词：

> 少年不识愁滋味，
>
> 爱上层楼，爱上层楼，为赋新词强说愁。
>
> 而今识尽愁滋味，
>
> 欲说还休，欲说还休，却道天凉好个秋。

这首词恰如其分地表达了少年（实指青年）与中年之间的心理差异。少年情窦初开，精力充沛，可是并无实际生活经验，清白如水，不懂得包容，想事做事，都以自我为中心，且把生活理想化、浪漫化。因此，一些平常的感情琐碎，竟被人为地放大到可笑的地步。中年人却不同，阅世日深，懂得艰难苦涩，为了维系家庭、事业以及自己的社会形象，往往在矛盾面前不得不忍气吞声。为了事业，扭曲自己的性格；为了家庭，对除了妻子之外的任何异性，都必须关住感情的闸门。中年人是疲惫的，因为他每天不知要多少次地转换角色。在母亲面前他是儿子，在儿子面前他是父亲，在妻子面前他是丈夫，走进公司他又是职员或老板。在长者面前，他必须像学生一样听从教诲；在儿女或部属面前，他又必须正经八百地施教于人。这众多的角色都毫无共同之处，但他必须把每一种角色都演好，否则，他就不是一个完整的人，就有可能引发矛盾，带来更多的痛苦。

所以说，忍气吞声是中年人的无奈，说得高雅一点，也叫修养。但是，这为人称道的修养后面，隐藏了多少欲说还休的痛苦啊。

中年人最懂得感情，可是，他未必就能够享受到真正的丰富而又炽烈的爱情。

这种现象，在我们的社会当中，无论是东方还是西方，都已成为"人人心中皆有，人人口中皆无"的问题。《廊桥遗梦》于斯时问世，引起轰动则是必然的了。

《廊桥遗梦》小说及电影均在中国风靡，出版者的初衷是觉得有利可图，可是，接受它的人们却是别有怀抱的。

我的一位朋友，是位著名的企业家，与我同岁。他在一次闲聊中告诉我，今年，他与人经过数月艰难的谈判，终于做成了一笔生意。对方很是欣赏他的才干，决定交下他这位朋友，并精心挑选了一份礼物送给他，这礼物便是一张香港原版的《廊桥遗梦》影碟。朋友亦非常高兴地接受了这份礼物，并情不自禁地随口说道："廊桥何处不遗梦。"这时，在座的一位过了而立之年的女律师也情不自禁地应了一句："遗梦何处不廊桥。"就这么偈语似的一句对话，两颗彼此陌生的心灵竟一下子沟通了。

我的许多朋友，都是事业有成者，在企业界、金融界、文化界和政界，提起他们的名字来，大有"天下谁人不识君"的味道。但是，一旦卸去"社会公众形象"的重负，与二三知己一起，三杯两盏淡酒后，袒露个人心迹，谁都难逃那一个"苦"字。日本的禅学大师铃木大拙说过："苦的经验是人人都有的，苦的经验也是一切厌世思想的源头……如果说人生一切的苦和一切的恶都是必须承受的，那么所谓的拯救便没有意义。"

但是，拯救又该怎么进行呢？

就说中年人，既要维系家庭，又渴望获得超然于日常琐事之上的爱情，这是一对冰炭不能共存的矛盾。矛盾的解决，必须要以互相对立的一方的舍弃为前提。你放弃任何一方，"苦"便产生了。

《廊桥遗梦》的动人之处，就在于女主人公弗朗西斯卡放弃了渴慕的爱情，给世人留下了无尽的惆怅。

看来，这一对矛盾在现实生活中，是永远无法解决的。所以，我的那些朋友们，处理自己的感情生活，要么讳莫如深，要么放荡不羁。他们不是在寻求解脱，而是在逃避。

《心经》上曾有这么一句："度一切苦厄。"佛教是把救苦救难作为己任的。它所救的"苦"，恰是一般人难以割舍的。佛家言，你要想不苦，就必须割舍。但是，我们不可能要求所有的人都遁入空门。不是大乘法器，又有谁能够超越尘世，去割舍那"剪不断，理还乱"的缕缕情丝呢？

去年暮秋的一天，我驾车从婺源去景德镇。芦花白，枫叶红，公路两旁的青山，簇簇松林，色彩斑斓，这深秋的自然令人陶醉。自然四季，最灿烂而又成熟的风光是秋季。它相当于人生的中年，绚丽而又淡远，热烈而又肃穆。

　　为了欣赏美景，一路上我把车开得很慢，不觉薄暮已至，景色朦胧起来。忽然，我发现路左的山根处，架着一座廊桥，我的脑子里飞快地掠过《廊桥遗梦》。于是，我停下车，走近那座桥。

　　这是一座木质的廊桥，架在山根蜿蜒的溪流之上。它的建造年代看来已经很久了，桥板以及类似于茶亭造型的棚盖，都渗出了霉黑。支撑桥面的松木柱子，也有一两根已经倾斜。尽管，我知道这里是中国的婺源而不是美国的麦迪逊，但我仍无法阻止自己把它同那位美国《地理杂志》的摄影师金凯先生拍摄的廊桥联系起来。我甚至试图从这座桥上寻找曾发生过深深恋情的那座廊桥上的香消玉殒的遗迹。我知道这不可能，但是，这相同的境象，仍让我从静怡的东方文化氛围中，捡到了一个本属于执着的西方文化的遗梦。

　　暮色渐浓，我站在溪边的田埂上，凝望着行将腐朽的廊桥，三三两两的狗尾草，在略含寒意的晚风中摇曳，收割完的田野，剩下一些歪歪斜斜的稻茬。牛归圈了，人归屋了，廊桥也只剩下一个模糊的轮廓。我想从这座桥上走过去，走到桥头，又缩回了脚步。我很清楚，自从《廊桥遗梦》问世后，世界上所有的廊桥，都将成为我们中年人的陷阱，或者说，是我们中年人的刻骨铭心的奈何桥。

　　我离开了那座廊桥，重又驱车上路。是夜，宿景德镇宾馆，我写了这么一首诗：

花开花落又一春，
朝朝暮暮总关情。
廊桥遗梦终难觅，
独向溪山看晚晴。

华山下棋亭记

赵匡胤在成为宋朝开国皇帝之前，曾来华山拜访隐居于此的一代名士陈抟，两人于山中对弈围棋。后人彰其胜，便在其对弈之地，建亭纪念，名下棋亭。

亭在东峰之侧，一座窄仅盈丈的小山峰上，四周孤峭，去来之路，皆借助于贴壁之铁链攀上东峰。上有青天不可复，下有深渊不见底。因此，来华山的游人，多半只能在东峰上，对下棋亭凭栏一望。能援铁链而下到亭中作一时半刻之盘桓者，实乃少之又少。我来到亭中，坐在石凳上，看着石桌上的棋盘，缅想千年前的那一场盛事，心情肃然，卒不能不发一言：

一个天之骄子，一个世外高人。一个金戈铁马，志在千秋社稷；一个闲云野鹤，心连百丈烟霞。两人对弈华山，逐鹿棋枰。手起手落，咫尺间风云变色；眉蹙眉舒，须臾间人神易位。泾渭在其脚下，黑白在其眼前。沙场秋点兵是英雄气概，松下问童子是仙家从容。陈桥兵变虽是后话，但杀机已从眼中射出；华山炼丹正值此时，看逸气自他发际留连。千兵万卒死而何惜，只需赚得胜券在手；一炉一扇用而可贵，也好赢得云水在胸。

英雄与神仙，过招在千仞苍崖之上。蕞尔之地，龙腾虎跃。棋有棋风，弈有弈趣。一个月下挥斧，一个绵里藏针。一个层层紧逼，一个步步为营。起于草莽者，以图搏杀凌厉之痛快；隐于江湖者，欲得虚实相生之玄妙。潼关在右，万马奔腾且为嵯峨帝室；马嵬在左，六军不发只因宛转蛾眉。四面楚歌，端的得道多助？五千奥义，岂必治国无为！二十四桥明月，七十二处烟尘，战士军前，美人帐下，兵戎相见，生灵歌哭。

治世者匡胤，养心者陈抟。潇潇洒洒，在天地间作一手谈。观棋者何人？朗朗乾坤，竟容不得第三人在侧。战马在山谷嘶鸣，童子在洞中面壁。且喜岩隙有二三古松，既可挂英雄的铠甲，亦可挂儒士的诗囊。万山肃立，听落子之动静；一鸟悠然，探胜负之消息。秦陵在前，始皇或叹后生可畏；茂陵在后，太宗静观文武斗法。壮士在黄河磨剑，智者在渭水放歌。太白鸟道，有麋鹿姗姗走过；终南紫气，引青牛款款而来。棋者奇也，纸上谈兵，智勇兼收。

一局棋罢，两人大笑。治世者以权造势，养心者练气化神。以权造势者阳亢，练气化神者阴柔。以柔克刚，人间至理。英雄输棋不输志，好一个大家风范；神仙赢棋不赢气，真正是悟透玄机。西北乃纯阳之地，华山乃华夏之根。于此对弈，可算是古国第一风流！

如今，此亭在山，弈者已去。游人至此，心下惆怅。一亭之下，万山之中，既无烹茶，又无煮酒，轿车不能到，玉馔不能迎，问谁还能于此弈出一段千古佳话？江山非宠物，可以私蓄；智慧非财宝，可以巧取。以贤事贤，岂能停诸口头；以棋会友，方显古道热肠。有道是，江山代有才人出；方能够，世事如棋局局新。此言不谬，题以为记。

1997 年 9 月 18 日

长白山秋色

一入山门，便感到飕飕的凉意，同行的人有的已穿上了租来的羽绒服。此时尚值九月中旬，在江南，秋老虎尚如木马病毒，在烟林横陈的田野上蔓延。侧耳，似乎还能听见叶子们在暑气中的喘息。但斯时的长白山，绿色已经收敛。高纬度的秋风，在茂密的森林中吹奏出动听的箫鼓。

虽然，儿时我就知道长白山、天池、白桦、金达莱等圣洁的词汇，同长白山一起嵌入我的记忆，但希望亲近它，朝拜它，在它的苔原上徜徉，在它的温泉中濯足，却是近两年的冲动。

五年前，一次偶然的机会，我接触了女真人的历史。兹后，我对北方少数民族的历史产生了兴趣。西北的匈奴与回纥，塞北的契丹与蒙古，东北的鲜卑与女真，等等，在中华民族的银河系里，它们都曾是耀眼的明星。它们在某一个特定的时空绽放的光芒，一次次烧灼我的情感，炫迷我的眼睛。

短短的两年时间内，我七次来到东北，目的是了解这一地区数千年来各民族之间的爱恨情仇，他们怎样从隔膜走向理解，从分裂走向融合。我驱车两万余里，看了很多已经消失了的城市，已经生长着茂密庄稼的战场，沿途阅人无数，阅景无数。在那里，我知道牡丹江的名字与花无关，在女真语中，牡丹即弯弯曲曲的意思。宁古塔也与塔无关，它的意思是六个人居住的地方。在那里，我还知道，长白山是东北各少数民族的圣山。它的地位，犹如佛教徒的灵鹫山，穆斯林的麦加。它对应的，是人的心灵，人的不可亵渎的神性的一面。

因此，长白山就成了我不得不去的地方。

长白山最好的季节是九月下旬，经霜的林叶一片灿烂。南方称这种景色叫秋山红叶，东北叫五花山。因为时间的安排，我早来了一个星期。昨夜，陪同的朋友告诉我，因为今年气候偏暖，五花山可能看不成了。秋的气息虽然有了，但霜娥尚未展开她七彩的裙裾。我虽然觉得遗憾，但还是能够接受。朝拜圣山，岂能一次就能看清它的恢宏与热烈？

车子盘旋而上，在两山夹峙之中，长白山渐渐升高了我的眼界，青灰色的火山熔岩，壁立千仞，一屏一屏回环推进。仿佛是重重帷幕——那帷幕的后头，应该是秋之交响诗的演出吧？我期待着，甚至想伸手去拉开帷幕，看看这座圣山秋意表演的舞台。

遐想才起，不用我伸手，帷幕突然开启，但见眼前景色，"刷"地一下全变了。仿佛有人调了一大桶七彩的颜料，一挥手泼向了千崖万壑。

饕餮秋色，本是赏心乐事。自翡翠而清泠，自清泠而灿烂，自灿烂而热烈，自热烈而萧瑟，自萧瑟而枯杀，自枯杀……说什么枯杀啊，那已不是秋的范畴了。秋的过程，演绎的是大自然最为丰富饱满的一程。

眼前的峰峦沟壑，应该就是我盼望的五花山了。路边一位老人说，昨天山中，尚是一片葱绿，皆因晚上下了一场雨，所有的阔叶与针叶，便都在梦乡里改变了颜色。

一叶知秋，这是古人赏山的心得；而一夜知秋，则是长白山奇特的魔术了。

站在海拔两千米的天池飞瀑之下，眺望四周，但见眼前的白桦林，苍白的树干，如同敷了一层月光，干枝上的叶，绿中泛黄，黄中透红，红中略略又含蕴着紫。更高处的苔原，都是草与藓，大片大片的红，如熨过的霞光，如凝固的火焰，偶尔的杂色斑斓，给那轰轰烈烈的红，掺进一些异质的霜情。

在中国的大地，秋有着许多风格迥异的模特儿。黄山的秋与烟云相伴，红之深浅，绿之苍嫩，都在营造着寓言里的玄境；峨眉山的秋总是在雨雾中氤氲，体会它的秋意与品味恋人的眼神。而长白山，在秋的T台上，也许是步履最为飘忽的一个了。它不仅让你一天经历四季，更让你在倏忽变幻的季节中，感受浓烈而浪漫的自然神话。

我突然悟到，为什么长白山是东北少数民族的圣山，因为所有的民族，都在寻找属于自己的神话，而长白山，是产生神话的地方。

访严子陵钓台

　　年轻时读郁达夫的散文《钓台的春昼》，便想去富春江一游。乘着欸乃的桨声，拨开芜杂的草木，在严子陵的钓台里，就着满林的鸟声，吞饮一壶炽热的高粱。

　　梦与酒一样，愈藏愈香。去钓台的游梦，折磨了我20多年。今年春上才得以梦想成真。但梦到真时，存于梦中的那种温婉的感觉，却是消失殆尽了。

　　在中国的文化中，渔父始终扮演着智者的角色。"白发渔樵江渚上，惯看秋月春风。"何其闲适，又何其逍遥。渔父成了隐士的代名词。历史上，的确有两位智者因成功地扮演了渔父而名垂千古。一位是在渭水垂钓的姜太公，另一位便是持竿于富春江畔的严子陵了。

　　姜太公直钩垂钓，本无意于鱼。后来，他果然辅佐周天子，成功地钓起了青铜社稷一统江山。而蛰居桐庐的严子陵，因拒绝汉光武帝刘秀盛情发出的做官的邀请，而为后人景仰。刘秀与严子陵是少年同学，相处日久，情谊甚笃。他之邀严子陵做官，既可美誉为用贤，亦可讥刺为营私。因为，严子陵除了拒绝当皇帝的同学发出的做官邀请外，于文学、于政治均无功绩见诸史志。不过，仅拒绝做官这一点，严子陵也是值得称赞的。官场之浊，但浊中有荣华富贵；山水之清，但清中要安贫乐道。严子陵选择了后者，他是真心愿意当一名渔父的。

因为以上的想法，对于富春江边的这一座钓台，更是心向往之。

那天，我驱车从千岛湖出发，本可以轻轻松松赶到杭州，就因为想看桐庐的钓台，便投宿到了富春江小镇。此日恰好是旧历的四月十五，暮色苍茫，我在江边徘徊，想去钓台踏月而不得，因为码头上已歇泊了所有的游船，陆地又无路可通。那一夜，卧在价钱昂贵却又设施奇差的旅馆里，除了猜想钓台的景致，却也无事可做。

翌日，我起了个早，几乎是乘坐头一班游轮到达钓台的。从码头到钓台，最多不过三公里，但水路的感觉，却是比陆路要远了许多。郁达夫游钓台，已是72年前事。他说，船近钓台，江愈窄而山愈峻峭。钓台给予他的最强烈的印象是萧条，是太古的寂静。这种感觉，对于后来者的我，是完全体会不到了。

由于富春江在钓台下游约四千米处筑了大坝，江面变得宽阔，黛绿色的江面，水波不兴，倒像是晴日下的长湖。湖之两岸，青山数朵，时花簇簇，绿树翠竹丛中，偶见白墙青瓦的人家。立刻，我体会到恬静的诗意。

在浅浅的白雾中，或者说在若有若无的岚气里，游轮靠拢了钓台。游客蜂拥上岸，犹如寂静的林里突然落下了数百只喜鹊，存在于我脑海中的关于钓台的一点点神秘，刹那间荡然无存了。

旧时的严子陵钓台，在半山上，而今日的钓台就在水边。从垂钓的角度，今日之钓台更接近真实。这倒不是后人把钓台搬下山来，而是筑了大坝后的富春江，水位上涨了几十米。钓台旁的严君祠，香火甚旺。国人的习惯，每进庙宇祠堂必焚高香。严子陵若泉下有知，恐怕也会惊讶，他仅仅就做了一件事——拒绝做官，就在如今，受到如此之高的礼遇。是国人精神品格突然间全都高雅起来了吗？我看未必。如果说古人敬香，是出于宗教的虔诚；今人敬香，多半是入乡随俗的从众心理。

　　未到钓台之前，我曾私下猜度，这钓台前必定安排了许多钓竿，让游人在山光水色中，体会一下严子陵的垂钓之乐。如今站在钓台前，除了看扫拂江面的柳丝，除了看茶社的招饮的旗幡，除了听电喇叭里播出的流行音乐，除了避让游人的匆匆的脚步，我哪怕想当五分钟的渔父，却也成了一种奢望。

　　既来之，则安之。在瞻拜了严子陵的塑像之后，我开始在碑廊漫步。这碑廊是新建的，今人的诗碑多过古人。一首首读过，觉得比较有意思的，有两首，录如下：

　　　　百寻磴道辟蒿莱，一对奇峰屹水涯。

　　　　西传杲羽伤心处，东是严光垂钓台。

　　　　岭上投竿殊费解，中天堕泪可安排。

　　　　由来胜迹流传久，半是存真半是猜。

　　　　　　　　　　　　——郭沫若《访严子陵钓台》

　　　　伯夷清节太公初，出处行藏岂必同。

　　　　不是云台兴帝业，桐江无用一丝风。

　　　　　　　　　　　　——刘伯温《过严子陵钓台》

这两首诗，一对钓台的真伪提出质疑，一对严子陵的做法褒中有微讽。郭沫若与刘伯温，在中国历史上，都非等闲人物。他们于此生发的议论，无不含蕴了自己的人生体验。

漫步钓台，沐浴在春山的空翠之中，我也诌出了四句，题目且抄郭老的，也叫《访严子陵钓台》：

不钓江山不钓龙，子陵原不是英雄。

我今来到桐江上，笑看山花别样红。

山魂水魄说庐山

八月下旬，我，还有我的妻与子，一起上庐山小住了几天。久居城市，苦于生计，每日碌碌奔尘，为世俗所累。我本山中人，住进城市，便应了"在山泉水清，出山泉水浊"的道理。然山人的性情，无时不在心中发酵。偶有偷闲，便寻思得一点山水之娱。当不至暌违林泉风月而使诗心憔悴。此番庐山游，挣脱酷暑，茌清凉界，拥浮岚冷翠，沐古木微风。抚泉弄石，踏月餐霞，悠游得玄猿白鹤一样，连今夕何夕都不太记得了。

登五老峰

登五老峰时，天公不作美。

晨八时，车抵五老峰的山门，霏霏细雨已飘忽而至。一些游人在山门前的石阶上徘徊，犹豫着上不上山，都害怕淋成落汤鸡。而且整个五老峰已被阴云吞没，上山也看不出什么名堂来，于是不少人掉头而返。我则不甘心。我来游此，原不为嘤嘤呖呖的山鸟，以及朱朱粉粉的山花。我只想用我的惯踏崎岖的双脚，来这里丈量莘确千古的岩石；用我的握满风霜却从未握过灵蛇之珠的双手，去抚摸一次五老峰上的出尘万仞的虬松。斯时风起云涌，雨洒山道。正好为我一壮行色。妻因为有点工作没有来，我问同行的八岁的儿子上不上山，他勇敢地点点头。于是我们手拉手，笑着撞开云雾，进了有些冷落的山门。

还在儿时，我就熟读李白的绝句《登庐山五老峰》：

庐山东南五老峰，青天削出金芙蓉。
九江秀色可揽结，吾将此地巢云松。

山是削出来的芙蓉，何其瑰丽的想象！葛衣芒鞋到此，日间傲啸，夜巢云松，又是多么浪漫的作为！繁荣的城市，精神的神庙，可以因为人的愚昧而变成废墟。在利益的争夺中，人可以变化为经济动物，生长诗歌的沃土也变成文化沙漠。唯有青山，永不改它遗世独立的初衷。无论是诗人还是哲人，是羽人还是禅师，莫不希望在云烟缥缈的山峰上构筑他们的精神之巢。千年前的李白如此，千年后的我亦如此。登五老峰，乃是我平生的夙愿。

石阶向上，蜿蜒复蜿蜒；寒雨连山，缠绵如江南丽人。此时山下，尚是溽暑的八月，而在这人衣尽湿的山上，我左手拉着的树上，挽结着雪梦方醒的初春；右手拽着的枝条，浅敷的竟是霜娥掀下的深秋。我虽然找不到一枝红踯躅，但青鸟般飘落的木叶毕竟是五老峰送给我的名片。传说因嗜酒的陶渊明而生出的提壶鸟，虽然没有鼓翼而来，但路旁鞠躬如也的小草，毕竟在山风旋来时，为我舞一曲魔力特具的迪斯科。让我的心，跟着它，跟着整个五老峰，在云雾中旋转。

从山门到五老峰的第一峰，大约有一千多级石阶。有人告诉我，这里的，还有三叠泉等处的石阶，都是近几年才铺好的。往日登山人，走的是羊肠小道。石阶对于后来的旅游者，是一件功德事。对于我，它还是一种密码，一步一步，它把我引向古往今来之我辈想破译的境界。沿着梯级上升，在它的顶端，寻求滋养灵魂的蛋白质。

　　大约20分钟，我们登上了五老峰的第一峰。峰头有一亭，进去稍事休息。衣衫湿了，有汗也有雨。儿子似乎不累，一路攀登，还拔了不少野草。一束在握，在亭外的风雨中奔跑着。我想喊住他，进亭子来歇口气。他挥舞着野草嚷道：我要扫云。

　　这小家伙，竟在扮演神话中的扫云童子呢。

　　然而雨雾还是涌来，像北方旷野上饥饿的狼群。我感到脚下的岩石在震荡。每一秒钟，它们都在这伟大的撞击中分化和重新组合。懦弱的碎为粉末，坚强的更加突兀。这时，我仿佛看到李白破空而来，用他剑峰一样寒厉的声音对我说："熊召政，如果你是真正的楚狂人，就该走出这个比乌纱帽还要丑陋的亭子，和五老峰一起，在风雨中放歌。"

　　顿时，我血脉偾张，一个虎步，跳进疾风骤雨中。五老峰，给我一柄青铜剑吧，最好是屈原舞过的那柄，或者，给我一支拔自深山中千年老狼之毛做成的笔。今天，只有用这样的笔，我才能在这万仞苍崖的风雨中留下铁画银钩。

　　只是，我的左手空着，没有剑；右手空着，没有笔。也许这样更好，五老峰欢迎两手空空的游人。

　　一大一小，我和我的儿子，沿着五老峰的山脊信步。一个是饱历风霜的忧患书生，一个是未谙世事的童稚。这样的两代人，同踏一条崎岖的路。在海拔高达1400多米的风景中，我们成了两棵能够走动的虬松。

一会儿，我们走到二峰。峰顶下的巨石凿有"五老峰"三字，字有古意，惜无峭拔之感，与此峰气质不符。巨石下有一石洞，本是避雨的好去处，却恨被一些缺德鬼当成如厕之地，秽臭不堪。我们掩鼻而过，又一口气走完三峰、四峰、五峰。云雾越浓，越是增强我向前展望的想象力。在三峰，我们见到一棵挂生在千尺断崖上的老松，虬枝怒挺，针叶戟张。我想，这大概就是李白要筑巢的那棵云松了。

在四峰顶上小憩时，有片刻时间，云雾忽然散开，同立于此的二三游人，无不惊喜。最奇妙、最惊人的光芒在我眼前盘绕。添我逸气，撞我胸廓的巨石，像赭色的积木一样垒起；长我志气，扎我浊眼的林松，像戈矛一样怒挺；给我爽气的是鸣泉溅起的最纯粹的白；养我浩然之气的是山脊上蛇行着的且韧且脆的蓝。五老峰成了一面彩色的多棱镜，每一种色彩通过它的投射，都变成了天国的光芒。如果我能把它们收集起来，揉搓出一条虹，一端架在这五老峰上，另一端，就搭在每一个新世纪的码头上，让它永远成为人间的黎明。

望眼还舒，九江城历历在目，烟波无际的鄱阳湖正氤氲着空蒙的泽气。阳光在那里横陈，点点乳白，分不清是翔鹤还是渔帆，迎面一阵风来，是花信风还是渔汛风？吹上五老峰，就变成充溢的元气了。据《庐山志》载，陶渊明"采菊东篱下，悠然见南山"诗句中的南山，就是这五老峰。别人在高山面前是景仰，而他只是悠悠地看看，何其淡泊！同李白相比，他的人生更富老庄气。我设想，如果此时我站在这位五柳先生的柴桑故居东望五老峰，会不会看见跌坐在风雨中的五位老禅师呢？

五峰都走过了。永栖在岩石上的林泉之德，烟霞之志，岩穴之风都是不肯被我带走。它们只肯在山上孤寂着，逍遥着，嚼着吞咽着日月而不被日月吞咽。

该下山了，我忽然产生了失落感。这是因为我的心挂在李白巢过的那棵云松上，我的灵魂，还徜徉在陶渊明送来的菊花时节中。

下山有数千步石阶，比上山要辛苦十分。未及一半，儿子走不动了。他问我，为什么下山比上山还累？我本有好几种回答，但是我没说，只是指了指山底下的青莲谷，告诉他，那些低洼的地方，也有很美的风景。

游三叠泉

游三叠泉的路线有二：一是从九江至秀峰的公路中途下车，沿幽壑穷洞，攀援而上。一是沿五老峰背之青莲谷拾级而下。

我们走的是后一条路线。

从五老峰第五峰下的停车场出发，前行约里把路，至溪口，过小石桥，就进了青莲谷。端的好一个青莲谷，林木交掩而花含醉态，水石相激而泉更风流。该谷因李白的别号青莲而得名。现在，我们一家三口穿行其中，脚踏溪中高高矮矮的石块，头顶树林中浓浓淡淡的蓊郁。妻与子都表现出少有的高兴。妻十年前曾来游过一次，那时还是一个无牵无挂的大学生，她感觉那时的青莲谷没有现在这么美。

迂回行约三里许，舍青莲谷上一处山口。从那里下行几乎是垂直的 3000 多级石阶，就到了三叠泉。

走在石阶上，心情怵兮惕兮。石阶窄仅三尺，许多路段两面悬空，稍一不慎掉下去，就会粉身碎骨。儿子不知厉害，一路上仍像个枝头跳跃的喜鹊。好不容易走下这四里石梯，转过一屏峭拔的翠石，陡觉一股爽气撞我而来，抬头看去，只见破空射下一道闪电，迅迅然，将一座青山劈成两半。

"那就是三叠泉。"妻说。

我们跑下最后 100 多级台阶，站在一处矶头上，迎面凝视三叠泉。

第一叠泉，半截隐在青天里，半截挂在白云中，头陀沙弥会以为它是梵天之舟的一面劲帆，七尺须眉则以为它是射破历史阴霾的一支响箭。

第二叠泉，悬陵峦而斩壑，跃石梁而飞涛，直看上去，它仿佛不是第一叠泉的延续，而是从地穴涌出一道白炽的岩浆，触搏挣腾，冷艳逼人。

第三叠泉，临崖分为两道，左清高，右挺瘦，好一对雌雄双剑！吸日月之精华，舞虹不坠；壮天地之险阶，切石有声。

也许，这一对干将莫邪舞累了，一个小寐就是千年。双剑插地，寒光溓漫，成瑶池，成龙潭。站在似崩不挺的矶头，我感到那么多的光子、电子自剑峰闪出，凝成雷，落成雨，把时间的灰烬，撞击成耀眼的珍珠。

庐山有多处瀑布，历代诗人歌咏庐山瀑布的诗也很多，最有名的，当数李白的《望庐山瀑布水》了。遗憾的是，这首千古绝唱写的是位于秀峰的黄岩瀑布而非眼前的三叠泉。黄岩瀑布我也曾专程前往观赏，结果大失所望。这流自双剑峰的飞水，渺若细线，完全没有"飞流直下三千尺，疑是银河落九天"的气概。它旁边的马尾瀑布，也是李白见到的，几乎断流。我在心中叹息：如此瀑布，真是浪费了李白的一首好诗。

最好的庐山瀑布，还是这条三叠泉。

据说直到公元1691年，三叠泉才被一个砍柴人偶然发现。此时李白已死去数百年，所以无缘相见。从此，大凡来庐山的旅游者，都想到此一睹为快，就连赫赫大名的理学家朱熹，听说三叠泉后，因自己年迈多病不能前来观看，竟请画师临摹一幅三叠泉的娇姿，挂在书房里，日夕神游。

自童年始，我就一直喜欢澄澈的山泉。它清静，却不以烟霞的方式；它流动，却不以乖戾的态度。无论冬夏春秋，它都荡漾着惠人的温柔和遁世的悠然。许多诗人把它作为神秘的意象，而我，则把它看成是我血管中流动的血。

眼前的三叠泉，心中的血，此刻都在腾涌。三叠泉从来不被扰动，它流成自己的性格，从生命中来，到生命中去，而我的血，为什么有时从天真中来，却流到污浊中去，有时从愤怒中来，却流到孤独中去呢？是谁介入其中，扰乱了它的流向？

这是一个比五老峰还要沉重的疑问，满眼的游人，没有谁能够回答我。

忽然有人喊我，是妻。原来在我遐想时，她和儿子已走下龙潭了。我猴子般跳下去，淋着震耳欲聋的瀑布。儿子脱得只剩一条小裤衩，在水中嬉戏。瀑布跌落石上，都成了晶莹的珍珠了。任一身湿透，我也跳进了龙潭，浇起清冽的泉水，洗我的眼，洗我的耳，洗呀，洗呀，只恨不能把我的五脏六腑都拉出来，洗尽粘在上面的污秽和忧伤。

我和儿子在水中玩得忘情了，妻喊我们上岸。她指了指天梯上回归的游人，说该返程了。我笑着对她说："再让我们玩一会儿吧，不，不是玩，我是在接受洗礼。"

"洗礼？什么洗礼？"

"灵魂的洗礼，我的眼洗过了，就再不接受污浊，我的耳沐洗过了，就更不会听阿谀之词。"

"想得美，谁还会拍你的马屁？！"

妻的抢白，我无言以答。是的，在这个斯文扫地的年头，谁还瞧得起我这个自视清高的诗人呢？此时，留在矶头的那个疑问又跑回到我的心头。我暗暗发誓，从今以后，我生命的流水，一定要像这三叠泉一样，永远保持澎湃的激情，只在属于自己的河道上流淌。

临上岸，我又猛喝了几口。

"会生病的。"妻说。

"不会的，这是圣水。"

带着洗礼后的释然的心情，我们踏上归程。

庐山真面目

横看成岭侧成峰，远近高低各不同。

不识庐山真面目，只缘身在此山中。

到过庐山的人，都认为苏东坡这首咏庐山的诗写得好，道出了庐山的特质。这首诗妙就妙在虽然是写山势，却能引发人们形而上的联想。究竟什么是庐山的真面目？不知当年的东坡先生写此诗时，心中装的是一个什么样的庐山形象。这形象既是地理的，也是人文的；既是具体的，也是抽象的。

　　下了庐山，站在归家轮船的甲板上，我望着黄昏烟霞中若隐若现的庐山，不禁浮想联翩。从公元 340 年大书法家王羲之在庐山的玉帘泉畔营造第一座别墅以来，1600 多年中，该有多少政治的、文化的、宗教的名人来此山上，各自演出一段历史。这么多的人中豪杰，都是有知识的人，有胆魄的人，但未必个个都是有智慧的人。智慧与知识远远不是一回事。仁者乐山，智者乐水。仁智之乐不在人世而在于山水，何其淡泊的襟怀！悠然见南山的陶渊明，可谓是个智慧到家的诗人。

　　历代诗人以他为楷模，来此都有顿悟。这里不妨摘录一些诗句：

　　　而我乐名山，对之心益闲。

　　　无论漱琼液，还得洗尘颜。

　　　且谐宿所好，永愿辞人间。

　　　　　　　　　　　　——李白《望庐山瀑布水》

　　　道性深寂寞，世情多是非。

　　　会寻名山去，岂复望清辉。

　　　　　　　　　　　——王昌龄《送东林廉上人归庐山》

倦鸟得茂树，涸鱼返清源。

舍此欲焉往？人间多险艰！

——白居易《香炉峰下新置草堂，即事咏怀，题于石上》

谁来卧枕莓苔石，一洗尘心万斛泥。

——苏辙《庐山开先瀑布》

功业要刊燕石上，归休终作赤松游。

——岳飞《寄庐山东林慧海上人》

结庐倚苍峭，举觞醉潺湲。

临风一长啸，乱以归来篇。

——朱熹《奉同尤延之提举庐山杂咏十四篇·陶公醉石归去来馆》

宵深月出山径白，虎溪流水鸣潺淙，

似闻山鬼说法谈空空。

——康有为《庐山谣》

　　诗人回归自然，有两种态度：深刻地感到名山胜水永存而自己却要归于沉寂；深刻地感受人世险恶而山水却这般恬美。因此有了尘外之思，想就此隐居，这是极自然的事。

　　住在庐山脚下的陶渊明，是中国诗人的隐逸之宗。他心中的庐山真面目，恐怕就是"山气日夕佳，飞鸟相与还"的自然佳境了。

在诸多的庐山真面目中，我只认同了两个人，一个是陶渊明，一个是李白。淡泊名利的陶渊明是庐山的山魂，不愿折腰事权贵的李白则是庐山的水魄了。

庐山去来，虽然匆匆，山魂水魄，常萦我心！

1989 年 10 月于东湖梨园也算斋